中国童年

徐柏坚 著

上海文艺出版社
Shanghai Literature & Art Publishing House

图书在版编目（ＣＩＰ）数据

中国童年 / 徐柏坚著. -- 上海：上海文艺出版社，
2023

ISBN 978-7-5321-8730-0

Ⅰ. ①中… Ⅱ. ①徐… Ⅲ. ①诗集－中国－当代

Ⅳ. ①I227

中国国家版本馆CIP数据核字(2023)第088306号

发 行 人：毕　胜

策 划 人：杨　婷

责任编辑：李　平　程方洁

封面设计：悟阅文化

图文制作：悟阅文化

书　　名：中国童年

作　　者：徐柏坚

出　　版：上海世纪出版集团　上海文艺出版社

地　　址：上海市闵行区号景路159弄A座2楼

发　　行：上海文艺出版社发行中心发行

上海市闵行区号景路159弄A座2楼206室　201101　www.ewen.co

印　　刷：成都市兴雅致印务有限责任公司

开　　本：880×1230　1/32

印　　张：12

字　　数：273千

印　　次：2023年6月第1版　2023年6月第1次印刷

ＩＳＢＮ：978-7-5321-8730-0

定　　价：78.00元

告读者：如发现本书有质量问题请与印刷厂质量科联系　T：028-83181689

我喜欢的诗人柏坚

芒克

　　徐柏坚新诗集《中国童年》即将付梓，他是当代诗坛70年代群里最有影响力的抒情诗人之一，也是我最喜欢的青年诗人。他是天津高级人民法院的一位法官，多年执着于诗歌创作，还一直坚守当代诗歌"诗现场"俱乐部，我认识和熟知的只有天津的徐柏坚。

　　天津"诗现场"俱乐部是由徐柏坚、伊蕾、朵渔、萧沉等一些诗人在天津创办的一块现代诗歌园地。关于他的简历，如毕业于哪所大学，又在哪个国家留过学，还有哪年在哪里干过什么，我是一概记不太清。唯有他那位姥太爷爷徐世昌，我倒记忆深刻。略了解中国近代史的人都知道这位曾当过中华民国总统的民国初期的风云人物，因其国学功底深厚，又研习书法并工于山水松竹，著有《石门山临图帖》等，被称为民国"文治总统"。

当然出生于1974年的徐柏坚不能同他那位姥太爷爷相提并论，但他在喜文弄字写诗画画这方面应该说是有祖上的遗传基因。徐柏坚写时代，写情感，写艺术家，他笔下的诗歌能把西方现代文学的写作技巧融入中国传统的文字表达方式之中，他作品的特点是把传统融入现代，现实性和历史感二者兼备。我知道徐柏坚先后生活在天津、河南，在北京从军入伍服役，后在美国留学生活，这些丰富的人生经历给他的思想情感和诗歌创作带来巨大的影响。那无尽的乡愁与怀旧伤感是他永恒的记忆，也是他神性写作的基调。在美国留学期间，漂泊海外的游子之感，加深了他对中国文化的热爱与执着，这些丰富的人生阅历和复杂的思想情感构成了今天徐柏坚的全部作品。

我与徐柏坚熟识与交往缘于诗歌，他曾邀请我赴天津卫——这座充满了历史故事的城市，去参加他组织的天津国际诗歌周活动，记得还有诗人杨炼、翟永明、伊蕾、默默和歌手张楚及几个欧洲的诗人。他对诗的热爱和对天津当代诗歌发展的贡献是有目共睹的，尽管他自己对此很少言说。他举止谦恭、内心坚忍，这恰恰是很多诗人做不到的，包括一些成功人士。2013年春天，人民文学出版社出版的《徐柏坚诗选》签名售书活动在天津图书大厦举办，张楚、春树、欧阳江河、姜昕等朋友都来做嘉宾，持书者排成长队，两个三十多岁的女读者买了一大麻袋书让他签名，他二话不说，马上开始给她们签名，同时还嘱咐两个女读者尽量少买一些，给别的读者留一些书。

徐柏坚态度诚恳，平时说话从从容容，做事干练。他写小说，当法官，画油画，在天津办杂志编民刊《诗歌现场》，在天津美术馆办诗人的艺术展，让我佩服的不是他的诸多成就，而是他按内心所求来生活的自在状态。

徐柏坚的诗我并没有全部阅读过，他出版的诗集已有五部之多，他这些年曾在国内外陆续发表作品，在韩国获过第25届金达镇国际诗歌奖，也是新时期文学"民间写作"代表性诗人。在最近举办的第三届北京诗歌节上，我给他颁发了银葵花奖。他的诗作如《世界的四月》《天上的孩子们》《浮世之爱》《冬天，我坐在月亮的家门口》等，这些怀有深深思念的抒情诗很是令人感动。还有一些他有感于现实社会的诗作，如《灯光下藏起的人间冷暖》《逝去的青春》《天津阁楼》《女法官》，也让人们读后深思。而他的组诗《汴京家书》更是诗意地描述了他们的百年家族，让人们对他们这个家族的历史有所认识，也对徐柏坚本人的思想与经历有了了解。

"树叶从高处飘落下来／每片落叶都有不同的结局／你骑着蟋蟀来，驾着南瓜／用碧绿的荷叶当翅膀……"这是他在两首诗中都出现过的诗句，我在想徐柏坚这位至今还怀有童心和梦想的诗人将会与他的诗飞到哪里去呢？

2022年2月22日

目录

CONTENTS

第二篇
世界的旅行

第三篇

盛放：中国新诗百年文献

第一篇

中国童年

史丹福小景

在深秋，随着树叶纷纷飘零
远处的小镇宁静淡泊
在异乡，白色的水井和石桥
又那么似曾相识
散落天涯的游子衣履尚整
漂泊归家路途上
我扶篱远眺，河面上升起一轮
弯弯的月亮
月光下，夜泊的小船不动
石桥还是旧时模样
夜归人踩在上面
就轻轻地响。

1998 年

断想

把春天的消息送给恋人
让每扇窗口都打开
面向太阳
给世间每个穷人
希望和祝福
浩瀚的星辰照亮黑夜
像上帝的棋盘错综复杂
而万物与神之间
建立了美好关系
我养了无数的飞鸟
把它们放养自由的天空
让孩子们学会善良
用微笑面对世界
远离暴力和战争
我把生命的苦埋在心里
将文字写在纸上未必不朽
真理烙在内心却将永恒。

光芒

流星雨惊起天文台上空的鸽子
这世界的一刻
星光笼罩天堂的阶梯
照亮大地上的河流、芦苇丛
我们在黑夜里赶路
风低低地吹在荒凉的野草滩
一些枯黄的芦苇很高
而一些变低了
在黄昏，众多的鱼儿跃出大海
这些寻找源头的鱼
像山谷里一些野花
孤独地生长、凋落
无终点的远游
而山顶的落日似水流年
我在内心深处等待日出
尘世的天空
让你大地上的孩子
感觉照耀的光芒。

山林随感

万物显出各自的新意
黎明的霞光
照亮林中飞翔的天使
秋风催人无端地猜疑
孩子们带我去那个山谷
当一阵风吹来
林间有飞鸟奔向我
我在心里
就默念你的名字
放眼望去山林
树木葱郁，有古老的善意
要成就一个诗人
它必须写一手好诗
人世间多么辽阔
要望见祖国的大好山河。

2018年

故园

已经很久没有听见
清晨的鸟叫
把房子筑在童年秋千上
把露珠采集手指间
把萤火虫收进瓶底
你看见河流中
有无法毁坏的道路
你在初秋拔草
为植物分发过冬的衣物
看林中鸟儿展开双翼
衔着种子穿过村庄
你还教会孩子们叠纸鹤
在白衬衣上绣少年的名字
远在天涯的游子
走在开满野花
和石头的小路上
走向你。

2019年

太阳照在解放桥上

那些花都开了
我修剪后院残枝
还要趁幕夜时分
黎明的阳光静静照在海河上
那在海河屹立多年的解放桥
失去旧日光泽挂满标语
有些事物，生来就是浩瀚的
比如江海
有些事情，至死也是小的
像小草和众生
还有一些东西
我认识它时就老了
就像遥远的故乡
假如要有一个家园
让它足够宽敞，辽阔
能看见飞鸟，还有森林。

2012年

每件事情都很新鲜

父亲过世很多年
妈妈独自生活
死亡是一种声音
因岁月陈旧而褪色
我遇到
一生中最难的事情
在这一年
天津做传销的医药贩子
都有妈妈联系电话
可能是她寂寞了
最近跟电话诈骗犯
煲起电话粥
人世间每样东西
都很新鲜。

烟花

美好是从你开始的
要做到平静，如溪水从容
像秋天的果子，给人甜
这些年，努力做一个好人
在漫天星空下
我答应你
我们婚后的字典里
只有丧偶，没有离异
一个人的爱是有限的
怀着这样的爱
暗合着微甜的惊心
你要把我的骨灰
也点燃了
放成满天黑夜
迷幻明亮的烟火。

滑冰的男人

一个寒冷的日子
阳光把万物照得刚刚好
天塔下的湖面上
独自滑冰的人
仿佛另一个世界归来

远处的集结号和歌声
繁花似锦与他无关
阳光下冰面会发亮发冷
美好与繁华
都在过去的时间里
他像傻子被遗忘
在寒冷中想念自由

城市没有烟囱冒烟
这与他无关
他的背影，带着被搅动的心事
像在数闪烁的繁星
和一闪而过的流星
他恍若隔世。

2020 年

诗篇

当我老了
把我写的一百首诗
放一百个漂流瓶里
在破晓之前
从大海上漂走
漂向大江南北，五湖四海
在黑夜里
漂过万家灯火
寒冷而热烈的诗
由大海出版社发行
漂流到全世界的海洋中
苍穹之巅，群星与灿烂之间
隐藏着我的诗篇。

2020年

奇遇

满洲里的旷野上
万籁无声，刮着白色的风
这是个神奇的地方
北回归线23度，北纬49度
经常看到神秘的极光
父母和我，在空旷的郊外
看见一个又圆又大的月亮
也不回避，忽然降临
疾速运行，波澜不惊
远离大地的寒意
爬升，平飞，在眼前慢慢移动
几十秒后向远方飞走
渐渐消失蔚蓝色的夜晚
让智慧点亮夜空
哪些未知的星球
只是弹指一挥间
许多年后
我在一本不明飞行物杂志上
又看见那个灰月亮
名字叫飞碟。

2019年

冬日随感

在冬天
写完这首诗
必须在蜡烛燃尽之前
黑暗里的孤独
我很难用语言诉说
不纳税的妓女和政客
被抛弃的第三者
爱撒谎的伪气功师
精神病院里的行为艺术家
疯掉的诗人和画家
我倚靠渐渐熄灭的炉火
寒冷和贫困
上帝啊，你仿佛就站在
我身后，披着军大衣
我们两个是谁
眼中含泪
我忍不住唱。

如果明天你来

鸟儿穿越宁静深远的秋天
一片悠远的景致
明天你会来
带我去那个山谷
我曾在清晨窥见过它
露水还没刺穿它的薄雾

如果明天你来
我们就一起去那座秋天的山谷
穿过青青草地
鲜花和石头
小溪穿过木桥流向远方
大河两岸是野花和昆虫兄弟
在天空聚集，集体合唱

阳光仿佛照到我脸上
像喜欢的人来到身边
你给我的快乐
不会比世间带给我的更多
当我靠近你
更接近某种朴素的真理。

2019年1月改旧稿

梦里的姿势到底代表什么

明月升起
世界汇聚巨大的光
是写作的姿态
是真理与自由
是最轻微的部分
你知道我喜欢你
我看着你在尘世奔走
也不知道你的名字
风从远方吹过
世间万物逐渐隐退
短暂的事物挡不住时光
清晰的深蓝色光在流逝
大地上有飞鸟
满载天国的歌声和消息
在我消失的梦里
散尽梦想和欲望。

2008年

墓床

在秋天的小径间漫步
远方的钟声渐渐扩散开
我需要你为我安眠睡去
河水中有孩子们，在门前
安放下的纸船
有微风吹过，被轻风
送到更远的地方

让我在世间温暖地活着
把鸟儿放飞自由的天空
客居异乡，我低头无语
神灵给草木以温暖
我感恩怀旧，远离语言
愿我们是黄金，是眼睛
幸福也在沉默之中

水池中的荷花盛开又衰败
蜻蜓静静地叠立水草间
在身外的光辉和尘埃中
很多年后，每当你念出我的诗
我感动得泪水盈盈
并祈求它们永远不要消失
存活人世间。

2000年

我指派孩子们登高望远

初春，我指派孩子们登高望远
远方陆续传来音讯
我像流浪儿一样赤着双脚
走过满街石头的广场
我站得那么静
像头顶上的星空和河流
暮色笼罩海岸延长线
远方的云正在消隐
林间的鸟，正群飞归巢
而在远方
所有回忆将随风逝去
在春天，北方滚滚而来的雷声
覆盖我们幸福的往事。

2005年

差别

又是重阳节
大家聚会
满头白发的朦胧诗人多多
语重心长地和芒克讲
我们这个年纪
应该知道保养了
生活再拮据
每天早上
也要吃两个煮鸡蛋
芒爷听了哈哈大笑
东北三省的诗人朋友
送我的人参
每天都吃不完。

2018年

团泊夜宴

1

老诗人多多
又在训斥餐厅女服务员
诗人与世界为敌
不为敌
都是跟自己过不去
芒克拍着多多的肩
要过简单生活
春夏秋冬，读书与喝茶
只闻花香，不谈喜悲
我们曾经年轻
那样激情、忌俗
而今不再那样
阳光照着老哥俩
不变的岁月里
芒爷终生不悔写诗。

2

诗人多多总是叹气
年近半百
身体就弱了

会莫名地伤感忧愁
不要让婚姻生活
折腾死我们
芒克说我不屑功名
钱和利禄是云雾
我没有负担
满世界全都是活路
芒爷自信
用诗和画笔改变世界
耻辱是那些奴才们
写作这么多年
别变成伪诗人。

2019年

沿着秋天古老的路

沿着秋天古老的路，大道向青天
头上插满野花的妹妹
冬天就快要来了
请让我送你回家

在秋天，马车载着你和粮食去远方
落日的余晖消失在黑夜
没有路标的远方，我们去而不返
妹妹，我要唱着歌带你回家

在秋天，把自己埋葬花朵中
我们要去泛舟，远游在山岗上
那轮弯弯升起的月亮
就是我们最初的家。

1994年

故园之恋

月光照亮我的家园
像挂在草尖上的露珠
游子匆匆赶路，衣衫单薄
房间一尘不染，朴实明净
回忆往事
就这样静静地坐在木窗前
只闻花香，不谈喜悲

过平静安稳的一生
莫名的乡愁和回忆
让我泪流满面
阳光照亮团泊湖畔小院
清晨的信使传来密语
仿佛有许多声音
都被秋风一路带走

在乡下，站在木格窗子背后
看到对面青山上的树摇摆
有山路上的雨衣在飘动
瓦房上的炊烟在扭腰
游子走在回家的路上
像江南深秋的落叶
纷纷扬扬地飘零在四方。

1998年

天津印象

海河真实而平静
绕过我生命中温柔的部分
远游的人在深秋归来
遥望河岸边的黄昏
水面上闪着天际的光
我用一生的时间看云朵
它们聚散不定

望海楼尽头的烟雨飘忽
有风吹过，那些美丽的联想
都已远去
我把这一切都看在眼里
那个朝代的往事和内心的痛
我想起大沽炮台的历史
只是河岸边落叶依旧
只是我们手中的果实依旧

正如那年秋天
我和孩子在大光明桥上散步
清风吹着河岸
谁改变了旧日的居所
叫我们难以言语

看着海河两岸的树木和高楼
河流从天空的尽头穿过
成为一种暗示的起源

多年后的解放桥
我指派孩子们登高望远
你就只管这样上路
不再用单纯的眼神回顾我
有风吹过的黄昏
我会唱起多年前的歌
会轻轻喊出旧居的名字
面对时光中的声音
面对这隐居多年的老洋房
这些素昧平生的日子
我知道，在人群深处
我白天像公民一样生活
夜晚写作，像神一样思考
我过于孤独
弄得自己偶尔受到关注
就差一点儿落泪
想到人生的起伏，生活的美好
我用诗歌将这种善良与爱
传递给全世界

暮色苍茫，我在海河的两岸
聆听众姐妹的歌唱

我们都活得很具体
成为生活中各种各样的面具
现实中到处是赞歌
我只能含而不露地
成为另一种表情
这确实是我的无奈
更是我的耻辱
与你们共存于这个时代

我还一息尚存
看梦中飞过的候鸟消失
让我用终生的智慧
培养生命
用无比的品德，感动书籍
我会唱歌，赞美祖国的风调雨顺和年景
我沉浸在故乡和海河的晚风中
回忆我们最后的时光
大地沉默
隐藏时代不同的声音。

2009年

汴京家书（组诗）

旧石桥

百年前的星空

让孩子们感觉照耀的光芒

镜子周围的事物

被镀上家族

神秘的光环

在月黑风高之夜

一个读书人携古琴

踏上清明的石桥而去

那个年代让我遐想

明月照见汴梁城的过去

清明上河图的夜晚

满城书生提着灯笼

穿过旧石桥，忙于科举。

圣贤书

我不能拒绝什么

像不能拒绝北洋那段时光

不管岁月如何变化

落叶都会归于根部

晚清像一出戏，落幕

徐氏家族兴盛亨通

太姥爷是清朝最后的秀才

眼见清帝退位，实行共和

开封城里的徐氏家族

长者有传统智慧的处世

早年办学堂，纳税修庙

有子孙入朝做官

有的在绿林杀人放火

还有后人，任性胡来

最终都成了圣贤。

家世书

老院墙根，一棵枣树开花了

突然的发现让家人感动

徐家门堂，书童聪明

丫鬟漂亮，像瓷器

她们懂事，敏感、多疑

青年徐世昌

当年睡后厢房的表兄弟

汴梁城拜师求学

投师徐家太爷

读五经，穿清朝服饰

后夜读北平

伴天津万家灯火

随民国小站练兵

是袁世凯嵩山四友

徐家一代枭雄

做了民国第三任总统

学得治国要领

学不了天命宿命

隔着北洋旧事的隐秘

暗地里经营

东山不会再起

躲避日本人

风声灌满紧闭的门窗

灌入老式雕花木床

天津法租界

马场道红楼老宅

他病死

如一介草民。

绝唱书

在民国，是乱世

世俗风气崇尚重武

军阀乱政，民主不能适应

老爷爷徐永宾

是国民政府公务员

每天紧闭门窗，评古论今

言简意深

薪水高于现在的市长

他清早踏花，黄昏写字

早年持家有道

很有些民国遗风

但身体欠佳

抱病杜门，斯之人将衰

解放的新中国

婚姻改革，老奶奶颠着小脚

伴着几个姨奶

在老城门洞里唤我父亲

已是多年前的绝唱

老屋里那些长短叹息

新中国百废待兴。

诗人书

暮秋中回首往事

我留下一些文字

但付出很大的代价

蔑视亲朋好友

不知亲情昂贵

沿袭祖上家风

为官者，要韬光养晦

我深谙此道

官吏贪财，流言蜚语四起

所以仕途难测

我不如围着炭炉

读读历史，远离政治

我写诗耽误了许多事

至今想洗手不干

却难以脱身。

人间书

现实中的英雄
都看不清来路
老院子杂草茂长
夏虫纷飞
家族总在远离庙堂的
荒山野坡，光芒万丈
大道上的野菊花盛开
没有皇亲国戚的血脉
像去世多年的父亲
站在我身后的镜子里
轻轻唤我的乳名
我们相安无事
在时光的深处
城外有雪，城内有雨
天空上雨雪纷纷
诗人朝三暮四，不守名誉
愤怒是无聊的事业
我上当受骗
后来的人们还将继续。

2012年于天津

小说家

1

他平时在北京
住龙泉寺，吃住都在山上
偶尔回天津
看望我和萧沉
他当过作家、画家、传媒人

那一年
他从安徽来天津谋生
给萧沉发了电报
让我们去火车站接他
萧沉半夜写诗
走火入魔，忘了接人的事
一周后想起电报
通知我们去火车站接人
他在本地无亲无故
也没钱吃饭
只能在火车站要饭
做了一周的乞丐

若干年后
他在天津当了老板

开广告公司，是津城
年轻有为的艺术家。

2

诗人文晓村
来天津，请我们吃饭
在友谊路一家素食馆
台湾诗人说他是愤青
说秋天要邀请他
去台湾办画展，我们大家
看着小说家发呆

他没读过大学
小说圈子里名气很大
他至今还在考虑
儿子是读书
还是送去寺庙读国学
我们偶尔见面
问寒问暖，问他现今还写吗
他说不写了

每个时代会有大师
他很幸运
现在仍画画，养家糊口
准备去龙泉寺庙
剃度出家，云游四方

2010年

月亮降临我的家园

月亮降临我的家园
不远处隐现浮动的山岗
停留的昆虫兄弟和苹果树
此时，一切都清楚地呈现大地上

我孤独地聆听教堂传来的福音
姐妹们，我在烛光下祷告
我想唱的歌，到今天都没有唱出
我们承受着世事无常

被遗弃尘世的孩子
在黑夜为人类的苦难而痛哭
这大地的歌手，谛听岁月深处的宁静
让我们能勇敢地面对世界

破晓的月亮，飞临我的窗口
明亮、亲切、像一个慈祥散步的长者
安抚游离异乡漂泊的游子
月光皎洁照亮人间，和从前的故乡。

2000年

团泊湖的初春

清晨挂在草间的露珠和野花
坠入无限寂寞
在温馨的幽暗里
很多人爱慕你的芬芳
石阶庭院的后花园
我像蟋蟀一样，开始午睡
我会得到片刻的宁静
在湖畔的初春
头顶的天空是那么深蓝
我就要动身，在身后
团泊湖的河面上漂满了桃花
若干年后，我选埋骨的地方
身后的团泊湖
两岸会开遍野花，有飞鸟守候
我就坐在湖边的青石上
这是一个漫长的日子
也许，是短暂的一生。

2015年

飞鸟的十四行诗

我养了无数的鸟儿
把它们放飞自由的天空
山野送来的气息，有耳朵听到的鸟鸣
嘹亮的飞鸟，你带我们去往何处

就要离开北京，去遥远的加州
是否还有人记起异乡短暂停留的我
窗子对面传来鸟儿的吟唱
仿佛探问我，如今归向何方？

窗前，树上鸟儿的歌唱
才是世界上最好听的歌
让飞翔使我的精神自由欢畅
让飞鸟的歌声使我的诗篇激昂

登高望远，就坐在静止的光阴里
倾听鸟儿歌唱，看黄昏的落日走向远方。

1999年

游子

你走以后，你老破的旧木床被搬到
后院的墙角，它缠绕着青草和丝瓜
现在又成了葡萄架
蟋蟀们和萤火虫在此聚会，整夜吟唱

你的母亲还挂念着你吗
也许她已开始衰老
很快那丝瓜架上就会果实累累
而后寒露把叶子打黄，瓜也老掉

很快那老木架子就变得光秃
不久后那老木床就腐朽，散碎
你离母亲有多远
她是否还在人间？

1994年

漫游在喜马拉雅山脉的原野上

我漫游在喜马拉雅山脉的原野上
携着我的女友，她和我一样快乐
众多的鱼儿纷纷跃出水面
蜜蜂和蜻蜓的翅翼舞动着一道霞光
而我俩走得很远
我对世间的一切事物，都报以热爱

在雪山之顶，那些寻找源头的鱼
像山谷里的野花
孤独地生长、凋落
在内心深处等待日出
尘世的天空，让你安睡的孩子
感觉星空照耀的光芒。

2001年

上帝是左撇子

——致诗人海子

我梦见荒凉的大海
望见群山
海子是左撇子
晚霞里，诗人卧在
山海关的铁轨上
这个瞬间，是诗的忧患
想象左撇子诗人海子
拥有花园和游泳池
关心橄榄球
闲暇时写电影剧本
会环游世界
夜色笼罩戈壁的星空
你不再两手空空
只有浪漫
你不会选择死亡
只选择新生
不要让青春和诗歌
折腾死左撇子的诗人。

2001年

逝去的孩子

——有感于2008年汶川大地震

孩子们
在天空上跑步找妈妈
去天堂的路，很遥远
祝福会照亮前方的道路
别担忧，没有忧愁
我们地上的人
曾经拥有的亲人们
抬头仰望你们
才会觉得并不孤单
众人之上的天空之城
雨过天晴，人们用思念
构筑一道彩虹的桥
记住和父母的约定
来世还要一起走。

2008年

黄昏

每个黄昏
夜空升起闪亮的星星
我看见那年走失的孩子
美丽的眼睛
前面的路去天堂太黑
天堂里有无数你们的亲人
每个孩子
都是妈妈的孩子
我看不见你们的脸庞
愿来自天堂的亮光
照亮黑暗洒满人世间。

2008年

今夜，我浮想联翩

今夜，我浮想联翩
我没有那么美好的愿望
要改变世界
曾经的万家灯火
森林是树木的死亡
面对凄凉和绝望
星辰照亮小城的春秋
我相信清明满山的坟墓
会重新成为土地
岁月会慢慢逝去。

2008年

明月升起

穿过黑夜

那轮来自高处的月光

敲打宁静的家园

消失的教堂，风从远方吹来

我们抵挡不住时间

终端的河流和记忆

及短暂的事物

远方来自山岗

辽阔的蓝，在星空下蔓延

明月升起

世界汇聚巨大的光

半夜醒来多么沮丧

是写作的姿态，是真理

是最轻微的部分。

2008年

我是你流下的眼泪

云雾遮蔽星星的时候
天空的伤口飘下雪花
独自敲着石头和流水
孩子，我是你流下的眼泪

靠做梦活着的诗人
把灯点到夜晚的心脏里
让心爱的你
撑起我梦想飞翔的翅膀

回忆那些逝去的朋友
我不歌唱了，但无法沉默
善良的人，只有忍住悲伤
我是岁月静静流下的眼泪。

2000年

承诺

世界再不断扩展
直至落入黄昏
夜深了，我在烛光里许愿
宽恕天下大多数穷人的沉默
相信所有的事物
都会随风而逝，像夜晚
那些深深开放的花
我们看不见
它们在怒放，在夜色里
流过我身边的团泊湖
我默念着你的名字
我独自来到湖边
仿佛是来赴你前世之约。

2009年

让爱充满全世界

世界的尽头不会没有道路
我们要用爱，让它温暖这个世界
和平鸽衔着橄榄枝，飞翔红场的上空
把鲜花插在士兵的枪口上

仇恨是一座高墙
它阻挡人们心灵的沟通
让雨水洗净灵魂
让星辰为我们指引道路

让不同肤色的孩子们
手拉着手，嘴角上都挂着微笑
我默默地为苦难的人们祝福
黑夜熄灭了，要让人民看到光明

让仇恨从每个战士的血管中流走
让真诚与爱，闪现每个公民的眼中
幻想远方深蓝的天空，感谢阳光
照亮战争下黑暗的土地

让和平的歌声在全世界响起共鸣
让爱成为一种武器
没有人能抵挡它的威力
学会宽容，我们重建家园。

加利福尼亚州的树林

大雨降临，山间的溪水猛涨
窗外有很多美丽的树木
我时常在茂密的树林里散步
阳光洒在宁静、肃穆
结着满树白色花朵的枝干
想起这人世间一切喧哗
我的心渐渐变得平静
离我最近的一棵树
枝叶间偶有积压的雨水滴落
在脖子上，凉凉的
它唤醒了我沉重的躯体
我深深地、一呼一吸
一大片花香，进入腹中
顿时，全身通体透明
我仿佛变成纯白的花。

1998 年于美国加州

致女诗人伊蕾

她平时都在北京
住宋庄艺术区
偶尔回天津
看望我和朋友们
请我们吃西餐
在友谊路水晶宫大酒店
她要教大家画油画
说秋天要办诗人画展
我们看着大姐发呆
我读大学的时候
她是我的偶像
当年的女诗人中
属她名气最大
她至今是独身女人

夜深人静
遥望相隔一方的北京宋庄
我遥遥一拜，大姐还好吗
期待着她的回归
深夜里薄雾散开
夜莺婉转
而她已远行
去俄罗斯办画展。

2010年

游子的歌

秋天的小镇，看鸟飞入石头里
院墙的木柴，被小妹放到了窗下
天黑下来，母亲移来了油灯
许多年前的古镇，是江南晚秋

漂泊在路上，大道向青天
旧居的故乡，南方的水井和小桥
水草在最暗的地方弯曲生长
野花在我经过的石桥下怒放

天气还寒，出门在外
是白发目送黑发的无可明状
我端详木窗外轻飘的落叶
望见母亲风中散落的白发。

2006年

宋都（长诗）

卷首篇

在东方漫长的黑夜里
我孤独和悲伤地望着这代人
古老的诗意依旧存在
此刻打开我的诗集
远方的风吹来
忽闻世间万物芬芳
并出现孩子们
传说中的梦境。

铁塔行云

孩子们诞生在十月，歌唱或哭泣
铁塔的碑文断裂
毁于深秋的风中
杂草丛间，有蛇穿行于墓穴

古城传来凄婉的蝉鸣
太阳和水，精神的盐
狗和使者消失于街头
黄河水返回村庄，弥漫宋都

在秋天，大地广阔遥远
福音恩赐苦难的人
我们幻想丰收的日子
黎明静静地播种，洒入普遍的水

很多圣人诠释哲学
很多诗人生活在梦中
我流浪四方
我相信诗篇和真理。

金池夜雨

往事如烟，让我在火中取暖
睡在秋水之上
抵挡着人世间的诱惑，眺望彼岸
先驱者的影子布满天空

每个故事都有结局
仿佛云在青山水在池塘
寄居在几枝羽毛之上
这是我们上路的地方

夜阑时刻，万物静如死水
城市的灯火划破夜空
我翻开历史，手捧经书
仿佛生命不能承受之轻

我脸色苍白，屏息谛听
外面偶尔传来低低的小提琴声
十月的远方，窗外
弥漫着玫瑰黑漆漆的芳香。

寻找源头的鱼

思念远方的少女
纯洁的少女
我寻觅在遥远的异地
我抛下什么，在可爱的故乡

在过去"文革"年代
小城市的广场
高挂耀眼的大字报和语录
触动我童年的记忆

寻找源头的鱼
从黑夜的护城河穿过
有源头的河流是痛苦的
夜色中的风，冬去春来。
长眠在墓园里的祖先
远离我们，在远方闪着灵光。

梁园

我挑灯披衣，在烛光里
望着窗外茫茫夜色

幻想远方天空下
有可能的果园和阳光

少女赤着双脚，盘坐在果树下
寂静的湖边，伴着洁白无瑕的天鹅
房檐的风铃和雪
在很高很深的山岗上

我望见少女忧伤的身影
再无法喊出她美丽的名字
她的身躯晶莹透明
那么洁白，像水面上滑行的那些白天鹅

飘雪的深冬，让我的梦
在故乡原野上无边无际地漫游。

岁暮

当你重读石头上的文字
那些时代已远离我们
在山中建一处房子，和临水的老屋
墙壁上有狐女的传说

想象古代的秋天
龙亭官殿台阶上，偶尔落下几只鸟
窗外的枯草悄无声迹
我听到雷雨的来世和今生

大地上，太阳辉映繁塔的春色
飞鸟已去向不明
顾城和好多诗人都走了
我的灵魂在弥留之际。

哀赋
我独自睡在秋天
孩子们也幸福地睡去
黑夜里一轮明月照亮大地
秘密埋藏于古老的墓园

若干年后，挖掘地下的墓陵
忙碌的考古队队长

在午夜，我默默地流着泪
就坐在静止的光阴里
望着老屋倾斜的木梯
迷雾散开，谁是历史的见证

黎明带来短暂的理想
永恒来自无家可归的太阳。

州桥明月
是苏醒的时候了
真理不可抗拒

岩石和青铜、星辰的蓝色火焰
风吹来，忽闻万物芬芳

州桥明月映照家园青翠
摇篮里哭泣的孩子
在母亲忧郁的眼睛里睡去
让风吹散洒在安睡的孩子身上的月光

州桥石阶上，被雨水打湿的鸽子
梦想失去的翅膀
和记忆中欢唱的飞翔
我的梦没有方向。

相国霜钟

树林里的鸟叫
才是世界上最好听的歌
有民间歌手，穿过街心花园
时间的消逝，黎明呈现在铜镜中

让全世界的弟兄们同唱一首歌
大雪冻结的地方
铁路和墓园布满星空下
覆盖这座光荣和忧郁的城市

歌唱的人都已觉醒
在半明不暗的火光中

相国寺的钟声响彻黑暗
把盏对月，听见钟声荡入秋霜。

秋怀

太阳展示时间的碎片
孩子们在歌声中穿过
蟋蟀和野草的家园
那儿只有风，鸟儿和宁静的梦

西望远方的故乡，宋都的灯火
渐渐被我们遗忘
往事烟云已散
朴素的植物和骨头埋在山岗上

闪亮原始光泽的青铜
深藏秋天黄昏的天空之城
在遍地岩石裂开的暮野
是河流、是雾、是永恒的寂静。

隋堤烟柳

水缓缓穿过那些树木
沉默的树林里，是雨声，是风声
是一样的寂静。
深山里的石头在疯长着

石头像与世无争的大师

从河流这宽大明亮的镜子
凝视迁移平原的人类
如何回到黎明的家园

让我在晨光中找到开始
孩子们在祖先的墓园里安睡
野草和清凉的石头房子
是水、是雾、是永恒的寂静。

预言

祷告接近天国的彼岸
我看到启示
天空上是金黄色灿烂的太阳
贯注死亡的始终

在广场上，落叶飘零
叠满欺骗的谎言
雨水在花朵里睡眠
短暂的花儿，雕像旁蔓延生命

一个贫困的时代
召唤艺术图腾的日子来临
不在今世，在明世破晓。

传世的诗篇

我要跋山涉水，去有草、有阳光

有爱的地方，我要打马过平原
那儿有白色的水井、一匹马和庄稼
山坡上开满淡蓝的野花

送我回家，眺望黎明的彼岸
谁将接受我们的奉献，在这世纪末的宋都
黄河流过家园
人类像水一样流动思想

我梦见彼岸花朵盛开
我淡泊山林，夜幕下那些石头
秋天让大地上结满果实
抵抗寒冬，苦难和愚昧

在嘹亮的歌声中，会有鲜花和星光
我将留下传世的诗篇。

繁台春晓
死去的是我，活着的是你们
你们留下的声音，不是歌
你们留下痛苦，不是欢乐
飞鸟不愿落入城市的花园

我戴着假面具，生活在人群中
选举权，甜水和语言
我依然做梦，感怀诗歌

理想被逾越的星辰取代

我们头顶着同一个太阳
法律和宗教，随时会修改
可岁月不老，我们青春慢行。

汴水秋声

宁静的大相国寺传来钟声
远方的山谷野花飞扬
你在窗边绣花，识字
你提到的那些农事，我都不会做

我一无所有，两手空空
终生的诚实被政客欺骗
我喜欢夜晚的星空下
孩子们用呐喊传达正义

我是大地上漂泊的流浪歌手
向你献上友情和温暖。
秋天的阳光洒遍大地
辉映着水上的家园

重临

泉水流过山谷里的石头
我回忆着你，陌生而凄凉
伴随我终生漂泊的旅程

幸福是众人皆能极目所至

阳光照亮坟上的青草
危险的预言
刻在山崖极顶石块上
等待更优秀的子孙们来瞻仰

远方闪亮着一盏灯
相信世界更深的黑暗中
要么存在彼岸
要么，让我沉睡百年。

2005年5月修改

黄昏的风景

平原展现浮动的村庄和庄稼
孩童在暮色的果园边割草
背朝天空劳作的镰刀
渐渐消失在远方
成为美丽的风景和乡情

我曾爬上离我们最近的山坡
看鸟群纷飞
没有主人的羊群
农夫扛着锄头守着枯竭的井
落日下的黄河，从村庄背后流向远方

一望无际的原野上
布谷鸟依在不停地歌唱
黄昏，夕阳把稻草人涂抹得
仿如忧伤的守望者
他们身后是依旧贫穷的土地。

1995年

一九九二年诗抄：初冬

古老的市郊，悬挂今夜的弯月
我醒着，还是在酣眠
花朵开满庭院和山坡
鸟儿停在不远处的树枝上
冬天来临之前
我们无法改变这世界的初衷

远方的谷地里
站着满怀忧伤的少女
眼前是湛蓝的天空
雨水停止，叶子落在故园
那乡间的苹果树，香甜的美酒
和枣树散发出的香气

原野上的鲜花盛开
我用野花给你编织草帽
在黑夜里舞蹈
那些暗藏很深的蝴蝶飞来飞去
我祈祷冬天的第一场雪
给你带来安详和幸福。
窗外的雪依然静静地下着
初雪散落北方的天空

像白色仙女纷纷降临我的庭院
大街上行人稀少
似乎所有的人都回了家乡
我无法再次入梦
踏雪的人，在路途上
麻雀在瓦砾上低头觅食

想象窗外飞舞的雪花
明亮的形状
有朋友来自远方另一座城市
他是幸福的人
我只能说原谅我吧！
你向这座城市赶来时
我正准备出发去远方

前面是荒凉的海岸
没有星光
雪花在午夜
静静地落在有雕像的广场上
多年以后，一切记忆都成为过去
窗外的雪依然静静地下着。

2002年

生命终将消逝

我衔着一枚草叶，眺望故园
感动的热泪和遥想
在古代的秋天
粮食堆满粮仓和谷场
孩子们勤劳的祖先
生活在这梦幻的地方

每一个村庄，每一条河流
都有我的前世和今生
谁迎风而立，那是我
为怀念我的祖先
土壤里埋下的黑陶罐
像是我慈祥的父亲

河水间有鱼儿在跳动
我劈柴生火，珍惜生活
远方的玉米披着绿叶子
像是我的母亲
风吹动她脸上的皱纹
这是逝去的人间最真实肖像。

1996年

诗人的秋天

蚂蚁在森林里午睡
蝴蝶在天空飞舞
快乐的蜻蜓闪亮着翅膀飞
回忆百合花的童年
捍卫秋天的果实
我跨马扬鞭，斜背诗稿
奔走在江湖上
和你一起踏遍青山

我写出传世的诗篇
不携带书籍和传说
蟋蟀和蝗虫
它们化敌为友，诚意满满
它们的儿女结为亲家
会相亲相爱

我从童年时
更独自尘落人间
要照顾头顶
历代的星辰和繁星
黑暗包围了四周
月亮和升起的北斗七星

照亮了大地和山巅
梦想飞翔的鸟
仿佛回到了森林

1991年

智慧

大雨降临，山间的溪水猛涨
我已不存在幻想
但是答应我
风尘中忧伤的恋人
不要轻易抛弃你的智慧
诗人靠做梦活在人世
把灯点到夜晚心脏里
初冬的深夜
我梦见自己哭了
我不歌唱
但也无法沉默
当我痛苦地面对世界
不能说我一无所有
两手空空。

愿望

听说你要竞争
市文联主席
在这一点上，我无论如何
都无法与你相提并论
这确实是我的无奈
更是我的耻辱
在这个城市的寒冬
我剃光脑袋
像冬天的树一样
终究会逝去一些事物
我没有那么大的愿望
想要改变世界
我只有一个小愿望
不要被这个时代改变。

随想

我的旧楼前

盖起一座新楼

我观察那栋新建筑

它影响女朋友的情绪

在清新的夜晚

万物寂静，月亮在天上

像母亲烙的饼

这带着瑕疵的美人

我看她光照千秋

在云层间淡薄透彻

稍有沉重就化落为雨

草树间明显有了露珠

蟋蟀和虫儿已歇息

望着洒满月光的新楼

我半夜醒来

老是想入非非。

1996年

城市边缘的诗人

——赠尚仲敏

我们讨论生活
你写下祖国的四川
山川辽阔，锦绣前程

你欲哭无泪
对诗歌感到失望
写成都的秋天，南风轻送
忧郁的诗友翟姐，每天画画摄影
秋风低低地吹着
她每晚守在白夜酒吧
写下生活和哲理

冬天的火炉旁，你占卜爱情
研究天气和医术
不能说高尚
你和开饭店的李亚伟
有很多诗歌想法
都是生活的真实。

中国童年

冬天的夜总是来得太早
树枝上有两只鸟啼叫
黑夜里我伸出右手
指着家园的方向，从秋分到露水

天空下的孩子
感受风中开放的野菊花
当星群升起在窗前
红月亮越过屋顶

秋天的孩子，你在高高的树枝上
用碧绿的荷叶结成翅膀飞
在午夜，绿皮火车消失在远方
世间的万物都尽显伤痕

我寻找世界的隐秘
把歌声送给接近天空的孩子
看见他们在秋天
悬挂沉甸甸的果实

你们低头无语
孩子们舞蹈或沉睡在树上

身体内充满了智慧
当我闭上眼睛

好像只是睡着了
丢下无法完结的心事
我只是为孩子们念经
只是看到学生的照片，泪落如雨
当我与你们
共存于这个时代
确实是我的无奈

我把对生命的尊重
表达给若干年后世的人们
我的理想一百年不死
我的诗歌一百年会存在
青春不老，岁月慢行

不要和我提起往事
梦见孩子们在天空上跑步
命中注定，今生无法收获
不能发出自己的声音。

流亡者

流亡者在寻找
当年的站台
不要和我谈政治
此时，覆盖在团泊湖庭院里
是瞬间开败的花
是沉默的树
是朝夕而至的暴力

我想念穿帆布鞋的青春
烛光里轻声吟唱，眼神柔和
坐在夜晚的窗前
仰望银河系和满天繁星
数着织女星、火星、水星、天狼星
你对天文知识
是如此贫乏

男人应该跑马走江湖
当官或从军
年轻时要错过很多女人
在幸福和悲伤之间
在爱情与不幸之间
直到被历史遗忘后
才能专心地在阁楼写诗。

2006年

夜空辽阔

夜空无限辽阔
这里是树林，那边是阵地和池塘
军营卧在蓝色的月光下
星空和大海辽阔

老兵就要离去了，他们的名字
被刻在北京郊区林河村的地图上
泥土和草木的气息弥漫
淹没了战友们的呼吸和梦

新兵睡得安稳
我们要轻一些再轻一些
让满天星光照亮军营
要记下他们的表情和动作

让青春做主
宣告祖国的盛世和大地辽阔
把枪口一起朝向天空
像青山一样深蓝。

2000 年

诗人的自画像

跪屈着，黑暗诞生了
落魄的日子
痛苦，欢乐，和蔚蓝无边无际
我的理想像飘落的树叶
坠入黑暗
充满了火焰、紧闭和圣洁

挺立着，光明诞生了
岁月的风雨中
有渺茫，和说不尽的苦难
但最终绝望
一个诗人在天上
它决定，在陆地上奔波，神在降临。

1996年

命运

1

在黄昏

一些喊不出名字的鸟

飞上大树顶端

唱出短暂的歌

与你们共存于这个时代

确实是我的无奈

松果散落一地，隐为听众

暗藏日月星辰

树木和寒风搏斗的结局

铁铮铮赤裸着躯干

我剃光脑袋

像冬天广场上树的样子

2

庭院在长草，庙堂在兴建

屋子后院的花开

不是很美吗

深山中的流水

不是很静吗

春天来了

树在原地没有动
而长出的叶子在增多
砍树的人依偎在树旁边
被依靠的树
将被制成伐木，白纸。

1997年

天堂花园

——为纪念诗人海子的死亡和梦想而作

那时夜莺和月亮同时出现
我看见星辰闪耀
水底的火焰和山峦复活
我听见天上风吹树叶的声音

在这片太阳落下的傍晚
我开始相信远方的宁静
我们活着，可你如流星
不要睡，不要在现实面前低头

你正当年轻的生命，离开我们
在冬夜，我默默读着你的诗
风把你灵魂的灯盏吹灭
唯有你的离去让我至今这样怀念

在天堂花园里，偶尔会转身
看见隔在我们中间的山水。

1995年

死亡十四行诗

——为纪念诗人骆一禾而作

我预感到死神已悄然来临
明亮的星星草和蝴蝶兰
放在我眺望平静的湖水中
雨滴声像安魂曲，奏响飘满花香的夜晚

花朵向微风献出了香气
夜梦中一群黑衣女人站立床前
把她们想象为可爱的天使
幻想从天堂来召唤我的引路使者

凄风苦雨的夜晚，空旷的郊外
墓园的磷火闪着亮光，让我感到欣慰
墓地在西，请去故乡寻找我的碑文
这个夜晚，天空像湖水一样平静

如果世上没有天堂也无轮回之缘
让我的墓旁弥漫野菊花的芳香。

1994年

在宋都想起跟黄河有关的事情

秋天飘零的枯叶
盘旋古城每个角落
蝉声漫过来
预言二十公里外，涌动的一条河
谁能把握，河水可能会干枯
在事物的核心，含而不露
但河的名字源远流传
它叫黄河

应该去理解我周围
那些聪明的人
和无法揣测的神态
我开始相信那些神灵
从我出生，那些苦苦等我
相认的亲人
我学会以极大耐心
等待好日子光顾

一个远去的时代
繁台上那些唱歌的古人
创造文字
都随风去了远方

相信天上的孩子
宋都会重新成为神话
雨水普降的日子
注视古陶罐上的鱼。

1995年

深山已晚

这秋天的夕照之中
在峡谷搭起迟暮的草屋
山中迎风放歌
我愿意在想你的时候

我的心是满的，满到虚无，满到空旷
满到像一路盛开的野菊花
伴着山谷的风，找到你的身影
我们必须互相依赖，度过冬天

深山已晚，前方展现千年古道
藏在山林深处的鸟群纷飞
当黑暗散去
稻田空荡，菜园青绿

遍野的炊烟和溪流、落日
我漂泊多年，途经你山下的木屋
在何地，一起相依为命，饮尽时光
在何年，曾携手走遍天涯。

1996年

遥远的怀念 (组诗)

——献给二十世纪末的南方恋人

回忆

好多年，在淡淡的忧伤中
我回想起往事
你像百灵鸟般的歌声多么纯净
是悦耳的音乐，像鲜花，像星光

我们曾经相爱，又像两盏青灯
彼此融化，陶醉和羡慕
幸福地在烛光中歌唱
热爱孩子

在午夜，我想深深地吻你
想起爱情和你美丽的脸颊
高贵，朴素而生动
回忆过去的日子，让我黯然泪下

请原谅，我不能携你一起
走完这漫长的路
我贫穷，脆弱和宽容
平平淡淡活在这个世界上

昏暗的油灯下，我日渐苍老
想起了你和过去
我在午夜流着泪，喃喃地说
听你弹琴多好，活着多好。

伤逝
我想你的时候
关注你的城市天气预报
外面又下雨了
你出门要多加些衣服
现在，我也终于明白
我想念的是你
只有夜深人静
回忆从前，在寒冷的星空下
眺望你那一边风景
道声珍重。
我想对心爱的你
念一首诗，流一会儿眼泪
没有人理解
走在空荡荡的大街上
你喜欢我穿着宽大的衣服
唱你从前熟悉的歌。

夜歌
真的，我很想听到你
就要毕业的消息

也很想告诉自己

其实，那并没有什么

我写诗混日子

这个世界无法安慰我们

等你慢慢长大，会原谅我

世界在它的秩序中

自然懂得盛衰，低头

和生灭有道

女孩，让我的思念

如竹林，鸟鸣，清风

幻化成雨后升起的彩虹

悬挂你明亮的窗前

唤醒最初的记忆。

等待

谁也不能改变我们

在午夜，我苦苦地念你的名字

你不会知道的

有谁，在用泪水清洗

早谢的花

我生命的远方

不能没有你温暖的照耀

幻想你就在我身旁

对我，轻轻耳语

泪水如一束微光

照亮我走向你的旅途

知已别你，亲爱的
知道你，从未相信
我的死期。

女孩，我找了你好多年

在江南的小城
居住着我深爱的少女
她口衔的野菊花开满校园
空空的宿舍里
住着零落的我
像一只忧伤的鸟儿
带着水伤
依偎在薄薄的夜雾里
我活得很累
曾记得你轻轻对我说
大哥哥，你休息一下
我弹琴给你听
我低下头
止不住热泪涌出

窗外阳光明媚
你提到的那些农事和家务
我都不会做
只会写作和冥想
想你的时候
每个风雨交加的黄昏

你杳无音信
我依然柔情似水
树木在寒冷冬天一片片枯死
我们都无法阻止
世间终会发生的衰老
你和我都会慢慢变老的。

最初的怀念
我喜欢在火炉旁
回忆青春年少时光的你
我多么想
用柔软平静的手
把你折成一个纸船
永远停在我的港湾
从你穿衣服
到你说话的样子
我都喜欢你
把爱情完全展开的人
这个夜晚
看到窗外的雨水
正穿堂入室，满怀怜爱
俯视我最初的怀念。

第三者
我多么热爱
一个南方水乡的女孩

窗外是北方小城

下着漫天大雪

此刻你在何方

而睡在身旁的是我妻子

想起初恋的情人

梦见春江水暖

那一年，大学毕业

你和我风雨兼程，各奔一方

看你握笔如桅，令我心痛

望着满天飘飞的雪花

你还能记起我吗

想象你和男友在冬天踏雪

天空中飘飞白色的雪花

我已结婚多年

依然等你的消息。

1996年

太阳照亮黑暗的土地

天空中飞翔的鸽子
被贪婪的人
传颂为和平的使者
我们面对死亡和重生
有的人把名字刻在纪念碑上
有的人苦难早已前世注定
城市终究会化作尘土
太阳照亮黑暗的土地
我面对远方和故乡
群山与河流的两岸开遍野花
我为孩子们写一首歌
伴扫黎明的朝露和积雪。

1995年

乘着春天的风

深绿色树林覆盖军营
水塘边，有虫鸣和蛙声响起
奏起的合唱队
在那中间，花草围绕
石头沉默，伴着灯火
星光敲打黑夜之门
乘着春天的风
月亮长着翅膀
像一个美丽的天使
降临哨所
抚摸每个士兵年轻的脸庞
此时，群鸟归林，大地遥远
风吹的夜晚
我看见城市的焰火和钟声。

2002年

爱情与死亡之歌 (组诗)

第一首诗

我祈求，花朵般开放的少女
阳光下纯洁的少女
秋天的叶子在一片片飘落
请仔细阅读我华贵的诗篇
让鸟儿和轻风，带它去远方

月光映照蓝色的树林间
花园里飘过美丽的歌声
四处被众兄弟传扬我的诗歌
仿佛那是来自星辰的歌

微弱的目光，隔着我感动的泪水
在河流之上，在月光照亮的山岗上
女孩，整理好我那凌乱的骨头
用一个木盒装好，送它回家。

第二首诗

梦境里的少女
我将以歌者的姿态出现
以终生的怀念和智慧

努力接近你
仿佛挽回我们爱的时光

我望见石榴树下舞蹈的少女
如镜的水面上哭泣的少女
从前的旧日子曾让我激动
请原谅我年轻任性的爱情

当我老了，稀发雪白
在冬天的炉火旁
怀念你和过去的时光
我献上祝福与期待。

第三首诗

我所能看见的少女，忧郁的少女
凭短暂的人生
我们会再次相逢乱世
那时你才能真正懂得
我对你是多么的深情与爱慕

我曾对生活怀有热爱
显现在冬天玻璃窗上的脸
单纯年轻，轻风吹着你长长的黑发
我带你去长满野菊花和鸟儿歌唱的山谷

让我们倾听那支古老的歌谣

流动着生命和阳光
假如风雨飘摇的旅途能够回头
我依至死不渝地爱你。

1994年

把灯点到深夜的心脏

夜晚的深山
溪流潺潺，油灯放在
天刚亮的木窗下
让心爱的你看见
我梦见你
歌唱或者沉默
掠过屋檐的风，林中鸟语
我都听得懂

在多少漫长的世纪中
寂静的深夜
依然有人
平静地坐下来
写诗和念经
把作品深藏
哪怕写出来
只是为了被后人遗忘。

1999年

或许，并不都是梦

或许我们不该匆匆相识
命中注定要擦肩而过
播下种子并不等于收获
或许明天过后天空还要下雨

现今我学会随遇而安
细致、宽怀和妥协
屈服于曾经蔑视的那些理想
当初的珍贵，如今视为草芥

春天是给你写信的季节
或许每个黄昏
都要在你的窗口徘徊
朋友之间，最终并不都是友谊

响彻的钟声激动我们，又远离
世界如此平静
这是一个多么辽阔的夜晚
你的长发和泪水悄落在我肩上。

1996年

祝福

那偏僻的老家，在院墙下
堆满木柴，初春的阳光
照着空空的院落
有我迷惘和年少的回忆

对远方的思念
如一盏灯，静静地照亮每个日子
我喜欢你沉静，连同你的声音
留下牵挂与祝福

就像黑夜，犹如我看见石头上
两只鸟相互依存
各自飞走，消失，望着窗外的流水
像静静的叹息，和漫长的岁月。

2005年

漂泊的秋天

今夜的雨水，落在我心灵深处
落在幽灵昏暗的河畔古城
我诞生这座六朝古都的王室
游荡家谱的繁衍和记忆中

虚构出众多的皇帝和强盗、才子和佳人
商海之中我举目无望
梦想的秋天
我像众多诗人一样，迎风高歌，感恩怀旧

站在铁塔上眺望落日下的黄河
微笑后脸上隐藏着痛苦
我将故去，野草掩埋我的骨头
像河流怀抱熟睡的村庄

雨水在花朵里安睡
而我彻夜难眠，目击远方秋风送爽
回忆年轻的一生，是夙愿，是等待
是梦见风烛残年的星光。

2001年

新年的钟声和雪花

新年的钟声和雪花
飘落在我微弱灯火的窗口
如镜的水面上天鹅行踪消失
奔跑的鹿群终要停下

我终生所热爱的少女
我彻夜伏案，以不同姿势为你祈祷
纵使歌声在黑暗里渐渐沉寂
阳光会照亮我们沿途的风景

午夜，远方的钟声和雪花
降临我的记忆里
站在思想和一种高度
许多年后，我依能想起你的容颜。

1996年

平凡的生活

晚祷的钟声和黄金般的光芒
逼近黑夜，被飞鸟带向光明的边缘
世俗妄想扼杀我的理想
我不屈服，也没有泪水

容忍平凡的生活与欲望
我将以微薄的粮食，鲜花和星光
接纳你，并抚慰纯洁的灵魂
传递圣恩的阳光与问候

将要跨入新世纪
以优美的姿态和容颜
你在陌生的城市里
骑着木马，在寒风中守候我。

2000年

为你写诗

我用尽一切办法挽回你
我知道你忍受已到极限
伤口也难以愈合
但为即将来临的幸福，你必须挺住

我用美丽的雪花为你写诗
也许前世的泪水中我们有缘
全是因为你，风尘中飘零的恋人
在冬夜，我梦见天堂的翅膀和花园

我们相逢，我为你写诗
珍惜留下的回忆
我的诗艺赢得了全部世人的赞赏
除了几个坚定的反对者。

请原谅，我任性的爱情

请原谅，我任性的爱情
望着你的背影
我感动得掉下眼泪
女孩，你会慢慢长大的
假如我是一只鸟
愿每天落在你窗口
清晨到黄昏
只为你歌唱

我眼里噙满泪水
在湛蓝的天空下
你已幸福地迷失方向
假如有一天我将老去
要离开人世间
你要陪伴在我身旁
伴我度过
那来世漫漫的长夜和苍冷

人生的旅途上
从春夏到秋冬
我都对你放心不下
世上最牵挂想念你的人

是我，这世上
有太多感情南辕北辙
你好恶分明
今夜不过是两岸灯火。

天堂的十四行诗

世界上没有人像我这样爱你
也没有人像我这样恨你
此刻，万物平息，大地遥远
如果在天堂，我会遇见你

守候风雪，委身于这片光明的天庭
听见你的脚步声逐渐远去
细雨和泪水打湿天堂里的绿草
打湿了那些海誓山盟的印记

我会遇见你，恨或爱
雨过天晴，用思念架一座虹桥
怀念的人和飞鸟一起奔向嘹亮的天庭
凭短暂归宿的一生

夜晚的星光下，来自内在的一片光亮
请相信，在天堂我会遇见你。

一个孩子在天上

我在烛光里许愿
让全世界的穷人拥有幸福
我孤独地坚持写诗
已受伤，谁给我安慰

在秋风中，鸟儿重返树林
翅膀被雨水洗得闪闪发亮
孩子的痛苦和深蓝
永远无边无际，有宁静的美

一个孩子在天上跑步
让爱他们的人心碎
大地上伤心的事物
还在继续。

岁月（长诗）

——谨以最深的友情
将这些不完美的文字
献给我毕业的同学们

1

孩子梦见天空上的鸟
鸟是飞机的祖先
在民国，太爷做过文治总统
他的微笑留在远方
他说远离秀才，多交豪杰
留给家族后人的遗物
是祖传的毛笔和书法

2

朋友莫琳辉
是马列主义学会会长
他让我难过
总走不出这座校园
幻想在草原找到马
在大海找到沉船
他还年轻
影子在路灯下徘徊

冬天，记忆中那场雪可真大
我们肩并肩去空旷的郊外
看雪花飞舞飘落田野里
然后望着天空默不作声
那一年下大雪
很厚的雪花把城市覆盖
我怀念这段下雪的日子。

3

浪漫的校园歌手阿楠
聪明非凡，又朴实无比
他隔着三张课桌
喜欢一个婚姻法考试
老不及格的女孩
他心情愉快，寂寞无聊
要幸福地活着
和不完美的现实较量
你的一腔热血
在现实的寒光中冷却
一定要挺住
让阿楠伤心的
是好朋友都去了远方
你满含泪水送别
并望着来临的雨水

把城市冲刷得干干净净。

4

这一年冬天
朋友们都走了
去了百里无人的西部大戈壁
去了茫茫遥远的草原
我回到北方
不知有多少个夜晚
远方会传来嘹亮的歌声
叫人心碎的歌声
铺天盖地
让我泪流不止，彻夜不眠
在生命和雨水的遥望中
朋友们想念我的时刻
我把你们怀念
大雪带着我的祝愿
和祈祷，散落在郊野
和微弱灯火的木屋外。

5

时光岁月似水流年
看天空上的白云流逝
多年追求的幸福

有时是一两声鸟叫

让我惊喜

有时是一两片树叶掉下来

砸中我不合时宜的心思

在冬天午夜的小屋

同学们的合影及日记

伴我度过一生中

最寒冷的日子。

6

沉默而倔强的孩子

被秋天宠爱，不被收获

这个美妙的时代

需要伟大的诗人

私下饱读诗书

总是遭世人诋毁

穿着寒酸的衣服

我随便潦草度过一生

也有求生的愿望

我怀有恻隐之心

准备行囊和粮食

诗人们结伴而行

我们茁壮成长

要昂起头

我们生活在同一个年代
无论美好的年代
还是糟糕的年代。

游戏规则

韩国国际笔会上
女诗人
和一个日本作家
一个俄罗斯诗人
三人玩魔方
它们玩得很小心
怕玩不好掉在地上
后来它们玩顺手
胆子更越来越大
魔方在手中任意组合
变幻各种奇形怪状
当人们发现时
眼前有更多的启示
直到女诗人玩不转
不得不把魔方
归还了原主人
丢下无法完结的心事。

女法官

中午，吃完午餐

男法官们言简意赅

或者，纷纷沉默

返回各自办公室

楼道电梯里

进来一女法官，她很漂亮

像一缕春光

照亮我们

大家很安静

巨大的上升空间

她是女庭长

拿着一只牙签

剔着洁白的牙齿

有浓厚的口红

她打着饱嗝

离我们而去

这是法院的风景

很多年了

我始终没有说。

2010年

江湖

人生走错了路
命运就各不相同
有人杀人放火
有人走仕途指鹿为马
我指派孩子们登高望远
海河上的灯火和幻影
每个孩子心中
都有一个江湖
蟋蟀们和昆虫
在家园的土地上
从里面深情的歌唱
预言家听见无法安眠
遥远的钟声响起
秋风送来了理想
现实中的英雄
我们都看不清来路。

逝去的花季

从童年起
夜空下，就幻想着照顾
我头顶上的历代星辰
在泛青的草木家园
百花齐放的季节
开花的果实
依然美丽
也许是时代的错误
偶尔有雨水落下
放弃仰望天空
我始终不肯背叛
虽然经历了苦难
在深秋苍茫的黄昏里
我活着，站在山岗上
眺望落日。

2000年2月

黄昏的平原

农民扛着锄头，日落而息
平原展现浮动的村庄和庄稼
孩童在暮色的果园牧羊

背朝天空劳作的镰刀
渐渐消失在远方
成为美丽的风景和乡情
鸟群纷飞，大家谈笑风生

农民各寻自己的家
落日下的黄河
从我的村庄背后，静静流向远方
一望无际的原野上

布谷鸟依在嘶哑不停地歌唱
夕阳把稻草人涂抹得
仿如忧伤的守望者
平原也实实在在失去了原貌。

1995年5月

家园的玉米和陶罐

沿着河流的方向
我眼前出现
深埋很久的古陶罐
和秋天漫山遍野的玉米

我衔着一枚草叶，眺望田园
感动的热泪，深情遥想
孩子们勤劳的祖先
生活在这梦幻的地方

留恋故乡，为怀念一个人
俯瞰这世间的人间烟火
站在玉米地里
那是我，迎风而立

土壤里埋下的陶罐
仿佛是慈祥的父亲
亲切地望着阳光下的我们
劈柴生火，珍惜未来的生活。

1996年7月

钓

钓鱼人在岸上
鱼儿悠闲水中
让情绪平静下来
把诱饵抛入河水中
才能钓到鱼
垂钓者
想把鱼送上餐桌
夕阳西下
垂钓者空囊而归
次日清晨，又有许多钓鱼人
留返岸边

1991年9月

月光皎洁照亮人间

少年在月光下吹口琴
为落败的花朵流眼泪
想写出一首不朽的诗
捍卫秋天的果实
有的甜，有的微微发苦
理想破灭的鸟
终于回到了森林
请你闭上眼睛
回忆摇篮和百合花的童年
月光纷纷照到脸上
仿佛喜欢的人来到身边
星空下，夏虫渐浅
月光皎洁照亮人间。

1992年7月

期待

想起重阳，在一片悠远的秋色中
平原的小溪流过木桥
岸边这些秋天的飞鸟
静静飘落在远方的树林里

我临水如临天空
穿越宁静而旷远的秋天
你们所能看见的影子
贯穿天空所有飞翔的鸟

诗人天为幕衣，地为睡席
石头伴着溪水，和草木相对望
团泊湖的夜晚是那么静
星光静静地照亮大地的窗口。

自画像

落魄的日子
真想大哭一场
我的理想
随着飘落的叶子坠入地面
眼望着岁月的沧桑
三十年的风雨中
有诉说不尽的苦难
融化了我的热情
最终绝望
当我试图在诗歌中
思辨事物的真实
这时爱人总劝我少写诗
多干挣钱的事情。

晚祷

世人总是讥笑我
白日里做梦
春天的河水流过门前
我歌唱蓝天上飞翔的鸟
亲爱的故乡，我为你引吭高歌

我们起航吧，在暴风雨中颠簸
光荣和耻辱
黎明升起的光芒
时而惊涛骇浪
所有的秘密都藏在字里行间
生命之舟划出喧嚣的港湾
缥缈如幻的船头上
向苍天做最后的晚祷。

百年之殇

我还活着
拥有秋天的山川和河流
在不写诗的日子
在黄昏高原
在夕阳沉沦的刹那
一头狮子耸立山巅
远离世俗和喧嚣
百年之殇，雪山的倒影
秋天的云朵和大海
只服从于内心的法则
我感受那光芒四射
时间的永恒。

六月纪事

六月的天空下，没有一朵花是多余的
一群少年在潮湿的大街上奔跑
丢弃青春的笔和梦想
让孩子们互相拥抱

古树会有绿叶飘落，夕阳缓缓落山
坠入大雾的城市背后
我倾听夜鸟啼鸣，亲切悦耳
夜色弥漫这座光荣的大都市

歌声渐渐低落了，优秀的孩子们
在和平的时光里，背影在明亮地远去
这些少年的忧患让人心痛
凄然地寻找遗失很多年的钥匙

我望着孩子们的孤独和悲伤
美丽的蔷薇花纷纷凋零
这些落地的花，六月的天空老是阴沉沉
积雨云又浮在我的窗前。

遮蔽的岁月

饶恕远方隐姓埋名的人
春天漂来纸船和消息
在黄昏过后
广场上升起闪亮的星星
我便看见那年大街上走失的孩子
美丽的眼睛
我写下宽恕和仁爱
它唤醒善良的人
洒下泪水

我不害怕黑夜
孩子们在水里静静地睡眠
请宽容地
记起我这个无关紧要的诗人
我凝望夜空
我绝不会屈服
尽管我会死亡
但让我们死得高尚

把真理埋藏在心中
岁月会给我公正的评价
我忘记了那些燃烧的白桦树

和在冬天窗玻璃上的脸庞
单纯的，年轻的
有着梦幻的孩子们的青春

现实中遭小人诋毁
我用铅笔和纸
写满温暖的诗
让世界上每一个角落
孩子们都手拉着手
在星空下，看到光亮

不写诗的日子
看乌云把大地上的事物压低
我活着，并且不撒谎
我不问世事，把文字交给山水
让海河来解释前半生的苦

在夜晚，我仰望星空
仍然止不住眼含泪水
最绝望的歌
是我们最美丽的歌。

祈祷

黎明的钟声和霞光
唤醒城市的梦境
在这片和平和安详的国土
我指派孩子们爬树上登高望远

秋天就从这里开始
纯洁的合唱队，风低低地吹过
果实在冬天到来之前
腐烂或碎裂，包括粮食和短暂的事物

善良的孩子，我西望故乡的灯火
你们让我泪流满面
我相信闪烁的星群
会降临大地上的家园

1996年

深秋

山里茅屋有三两间
屋檐下我和你在草舍对坐
聊诗和画，还有远方
此时山风徐徐，清雅自在

风轻云淡，一路繁花盛开
我们谈到天色微亮
黎明登山的你和我
两个人站在山顶说话

此时，群山和草木
渐渐明亮起来
视野中，清风野坐
我们满身都是山雾。

永恒

岁暮，深山中石桥有些许清凉
偶尔掉下几片落叶
寂寞，有些遥远的事
仿佛小溪与流水一般悠长
山崖边的野菊花怒放
不时吹过来的微风
让我感到秋天的野花味道
和鸟儿沉睡的宁静

在深秋的院子里
我坐看窗外花开花落
曾为花落叹息
为事物忧患得失而欣喜
童年仿佛，遗落在人世间
过去多少年了
也许，就是我的永恒。

我记得你去年的身影

我记得你去年秋天的身影
偶尔泄露对你的好感
也是朦朦胧胧
那是我心里装满后溢出的
一点点余香
眺望中国的风景里
你骑着木马，在寒风中守候
在加州的秋天
树上的叶子随风四处飘零
像我不知所终的飘落。

2012年2月

诗人的前世今生

临岸的春天
想起幸福的日子
我泪流满面
世界疼爱孩子般的诗人
因为他们稀有而珍贵

舍弃插花和厨艺
每天弯腰整理书房
阅读远方来信
在无灯的黄昏里
与星空交换灵魂
选择诗歌的人
也选择光荣和固执

这些以少为多的人
这些掌握了自然语言的人
当他们低下头来
星空也为之倒悬。

2012年6月

万物皆出于神的旨意

冬天驱赶暮色下的群山
没有月亮的故乡，也是故乡
天空没有落雪
河流没有方向，秋雨毫无意义
夜间，蟋蟀间杂着清亮又怯弱的鸣声

冬天驱赶群山，汹涌向西而去
总有英雄会拯救世间
像星空隐于云端
有人置身秋天之外，逆天而行
山河故人，是无尽的黑夜

寂静的夜空下
星光照亮团泊湖边芳草与溪流
照亮我春秋的庭院
有些东西，生来就是浩瀚的，比如江海
有些事物，至死也是小的，像小草和众生。

2016年

理想

水滋润我们
我们并不知道它与万物不争
山谷中的野花
永远不知道自己的美丽
大海永不停息的波涛
有谁知道最深处的宁静
我变得沉默
被世俗涂抹成肮脏的纸
我梦到自己重新变成白纸
又梦见白纸回到树木。

2012年6月

落日下的黄河

细雨打着岸边的野花
我向石头寻找原始意义
沉默或死亡
孩子们在赞词声中忧郁地睡去
名誉和淡泊中忍受星辰陨落
我不问世事，把文字交给山水
让黄河来诉说前半生的苦
我眺望河上远去的船
聪明绝顶的人
在世界的黄昏寻找广阔
奇迹在重现，我以天真的激情
歌吟圣恩的阳光和家园
共同仰望天边的落日。

2002年

新山海经

落山的夕阳，宁静而和谐
有很多人在跋涉
每条路有不同的结局
野花散发着芳香
这些无名的花
夸父望见世间苦难的众生
在万物逝去的过程中
苍天曾一次次地挽留人间。

鱼的传说

祖先的彩陶盆里
有鱼类先辈的影子
鱼在睡眠中耿耿于怀
忘记传说和理想
但无法闭上眼睛
你死不瞑目
你看见屋檐的雨水
一滴滴汇成江河
一条条咸鱼
梦想回到大海

当鲸鱼在大海里潜泳
与我们为伴
相信海底那些鱼都睡了
变成我们的儿女
事物永远在重新开始
我得以放眼远眺船和帆影
陆地上人类生存的地方
河流里有鱼繁衍生长。

鸟群穿越宁静的秋天

告诉我，悲哀的晨鸟
你在黎明歌唱着太阳
思想如闪亮的小溪，漫过
并打开我不眠纯洁的灵魂

鸟群穿越宁静而旷远的秋天
天上飞翔的鸟，是诗人的投影
无声无息掠过夜幕下的城市
曾经相识而忧郁的面孔

告诉我，悲哀的晨鸟
你在黎明歌唱着太阳
黑暗掠夺了天空，为大地歌唱吧！
光明的时辰，这对应于晨昏的黎明

美丽的孩子们，颂诗，城堡里的音乐
重临又即将消失的星辰
山林里随风浮动的石头房子
会传来悠扬明亮的歌声。

相识在北方的星空下

少年奔走在北方平原上
落日下的黄河
源头的浪涛闪闪发亮
遥远的钟声肃穆、悠远
响彻悬挂城市上空的星辰
感动陌生的我们
鸟群飞远了
别人唱颂歌的时候
这时候，我似乎又回到了
北方平原的乡间
一个少年偷偷爬上屋顶
用一根树干去够那些矮的星星
那一刻，他感觉自己
是离星星最近的人。

2006年

答复

面对世界，我束手无策
我已不存在幻想
但是答应我，风尘中忧伤的恋人
不要轻易抛弃你的智慧

靠做梦活着的人
把灯点到夜晚的心脏里
让心爱的你，我不得不感谢的少女
撑起我真实飞翔的翅膀

初冬的深夜，我梦见自己哭了
我不歌唱了，但也无法沉默
当我痛苦地站在你面前
你不能说我一无所有。

1996年3月

颂歌

临岸的人，离春天不远
请向天空靠近
想想真理和幸福的往事
我流下泪水
世界让像孩子般的诗人
永远年轻
选择文学为归宿
手持蜡烛，以梦为果实
一往情深抚摸着文字
渐渐骨瘦如柴，精疲力竭
我光荣而固执
走在诗歌的征途上
已经很多年。

游到大海变得深蓝（组诗）

——献给诗人芒克

大海的花园

夕阳悬挂蓝色的大海上
秋天的大地结满果实
黎明的花朵，兽骨上的文字
我们触手可及

鸟儿飞过广阔的山林
我倾听自由的声音
随着山间溪水的流逝
奔跑的鹿群终要停下

海滩上的石头
这暮色中的石头
刻成殉难者的雕像
留下大海深处命运的隐秘

花园里孤独的天鹅
在午夜的星光下
孩子满载着幻梦的睡眠里
缓缓地逝去。

梦里要有悲悯良知

鸟群寻找森林
陨落的流星雨纷纷划过天际
每条溪流都汇合到大海
午夜，月光洒向人间
岸边无可渡的船
夜色微蓝，孩子骑着南瓜来
木屋后七颗星子坠落
远古的彩陶埋入山中
我们终会衰老
隐约有牧歌，迎风的琴师
梦里要有悲悯良知。

裂痕

秋天的阳光照亮大地
蓝色的大海上
有虚幻的火焰
时间仿佛没有静止

窗外的浮云飘向远方
远方的大海发出巨响和涌动
海面上洒满阳光与裂痕
漂满蓝色的冰块

牧人在鹿群里找到他的马

水手找到沉船
大海明亮的伤，裂痕扩大延伸
让我联想易碎的玻璃。

诗人

夜空出现星光的时候
降临巨大的海鸟
我聆听神的话语
耳边的虫鸣传递全世界

像蓝色的闪电
照亮人类的智慧和耐心
一种宿命
皇帝将时代拉入黑夜

流放宪法和艺术家
大船上桅杆沉重
预言的海鸟被悬挂在船头
诗人们无家可归。

游到大海变得深蓝

诗人的理想
像鸟一样在大地上飞翔
花朵和山峦间歌唱
如果你是诗人，别人会远离你
写诗意味着贫困

和精神有问题

寻找那些宝藏
如今，大海里的鱼
悬挂在绳子底下
风抽干它身体中每一滴水
命运强加给的盐
腌干在大海千里以外

咸鱼如何翻身
曾经在海水中翱翔
许下海枯石烂的誓言
曾跳出水面
俯视大海
直到游到大海变得深蓝。

命运

天空下蓝色的大海
是狂风暴雨
是人的躁动
男人终生追求权力
美女坠落于金钱
谦卑和赞扬
是两种不同风格
秋天飘落的每一片落叶
都是生命里的细节

请相信我的预言
世界上的一切事物
最终都归了尘土。

2004年创作
2016年修改

忧郁的献诗

宽恕我讴歌的团泊湖和飞鸟
树枝结出花蕾和沉默
世上的万物终会随风而逝
神曾经一次次地挽留它们在人间

宽恕我讴歌的野花和星光
黑夜从大地上升起
今夜，是我最后的抒情
漂亮的花蕾和孩子长在三月

宽恕我讴歌的世界和天空
它再不断扩展辽阔，落入黄昏
孩子天真微笑着
有钟声敲打黑夜的窗。

孩子们仰望纪念碑

这一年的深秋
在广场，孩子们仰望纪念碑
让我泪流满面
聆听岁月的钟声
青年人围坐黎明的广场
就这样静静地坐在篝火旁
我们生于陆地和海洋
天空或大火中
世界每天都有战争，逝于此
我们成长和生活
我们梦想和平。

纪念碑

宇航员在地球上行走
也有艺术家在水中穿行
在天空中游泳
幻想大海中的鱼
变成我们的儿女

用火焰点燃最隐秘的激情
我们只想分享
今夜的诗歌和美好
头顶上星光灿烂
我看见了希望与善良

就在旗帜飘扬的纪念碑下
曾倒下无数的英雄
我们拥有信仰与尊严
在消逝的时光里
我向英雄们脱帽致敬。

献给恋人的诗篇

钟声敲开冬日的序幕
前方迷漫着风雪
四野漂泊
我们的歌声响彻原野
让我感受爱情的欢乐和忧伤
祈祷拥有对方的心

旅途上的夏日
坚守宁静的家园
安居乐业，赶走战争
秋天的枝头上缀满果实和谎言
无论如何
我们的孩子必须真诚

鲜花遍布山谷和溪水边
艺术和饥饿让我身心交瘁
在生命有限的日子里
让迟钝的大脑装满思想
摆脱世俗和偏见
这些事情都与法律无关

感谢春天

沿着废旧铁轨，夕阳下
祝福生命中度过的每个黄昏
我饱含泪水，望着远方
新年的太阳和钟声
会照亮我们沿途的风景。

情诗

我穿过大自然初秋的郊外
野花盛开田间小溪和渺无人迹的山岗
云雀子冲破云霄，攀缘在藤蔓篱墙上
我们唱着歌，随着晚风在内心引导
寻觅在宁静的黄昏的乡间小道
我漫游在秋天的原野上
携着我的女友，她和我一样快乐
众多的鱼儿跃出水面，绿蜻蜓的翅翼
舞动着霞光，我俩走得很远
前方已望见苹果树和墓园
我对世上一切事物都报以热爱。

相遇在深秋

离别在团泊湖，是淡淡的惆怅
海棠树下伤感地想你
天空中叶子飘落的归宿
让我冥思苦想
人的虚伪不可饶恕
怀着各自不同主张
都无法阻挡岁月的逝去
我们都会老去
那年与你结识在深秋
由于期望太高
最美和最伤痛的事物
让我不可自拔。

最后的父亲

病重的父亲
安详坐在门前老树下
对着遍地菊花
似乎想说些什么
他知道秋天过后
后院的那些花会败落
仰首看天的父亲
他似乎在天空上
寻找伙伴
时刻准备着
与列队经过的雁群
结伴南飞

父亲说，如果我走了
下葬后不要放
那么多衣服
在土里，应该感觉不到
人间的冷暖了。

2012年6月

冬天，我坐在月亮的家门口

我们面对整个世界
谛听首批即将降下的雪
我孤独地坐在月亮家门口
又望见迷雾中耸立的城市

寒风掠过庭院，暮色逼近黄昏
语言拯救不了我的痛苦
在此刻，众神带领我们走过牧场
黄鹤楼上的烛光、巨大祝福的合唱队

为你流泪，大家在风雪中哭泣
我不觉得羞耻，送信的人还是走了
我仍须在路上，要把人间噩讯
送抵天国，搬运神灵来拯救你们

鸟儿落在唱歌人的屋顶上
眺望茫茫的黑夜，我是懂事的孩子吗？
在冬天，我坐在月亮的家门口
让吹哨人的梦，漫游在故乡的原野上

我昂起头在城市大街上行走
谛听北方即将降下的初雪

看见神已展开了天使之翅
那么多白色的羽毛飞过夜空

此刻，遥望天边的星星像一盏灯
会照亮我们风雪的沿途。

假如我还有来世

这个世界上
我很穷，但很善良
我很孤僻，但诚实
我在残缺的岁月和不眠之夜
召唤这属于诗歌的时代
让我们拥有欢乐和痛苦
让我们赞同和反对
站在队伍前面高唱赞歌的人
是那些发疯的人

假如我还有来世
我希望用自己的双脚
一步一步走到那高高的山顶
我相信我的双肩
会把最好的果子担回家中
我相信我的羊群会下更多的牛羊
沐浴在蓝天白云下

我的诗在祖国的夜空上闪耀
像一颗颗希望的星辰
平时我把喜爱的工作静静做完
在严酷的寒冬里

让思想更深入地潜入不眠之夜
山林和大海边，在茫茫的草原上
所有孤独的角落
当茫茫白雪落在遗忘的世界
选择永恒及耐心的人
它们是时代的歌手

我曾用一只手挡开命运的绝望
但同时，我可以用另一只手草草记下
我在生活中看到的一切
我和别人看到的从来就不同
假如还有来世
在自己的有生之年
我爱在雪花纷飞的不眠之夜，
把已死去或尚存的亲人怀念。

2011年12月

大地之灯

我愿来生变成一江春水
登高远眺
繁忙地采矿演变成灾难
山上是树木的死亡
土地上是河流的死亡
我知道总有一天
我们会变成泥土
当我们消失之前，星空下
喊着祖先的名字
凄凉和绝望
灯在寺庙深山。

院墙

我听到你的声音
让我拉紧你的双手
珍惜献给你的鲜花和祝福
寄托我最深切的怀念

年轻的我，叹惜贫困的悲哀
心灵的路，艰辛跋涉在旅途上
我像孩子一样固执地坚信
相信未来，我的故园会繁花似锦

女孩，我向你倾吐自己的痴情
我要打马走过你居住的村庄
让满山坡红红的高粱和辣椒
染红你家的院墙。

献诗

新年的钟声和雪花
飘在我微弱灯火的窗口
如镜的水面上，你的行踪消失
往日欢乐的光辉已经黯然失色

我终生所热爱的少女
我彻夜伏案，以不同姿势为你祈祷
纵使歌声在黑暗里渐渐沉寂
阳光会照亮我们沿途的风景

午夜，你像一只白色的鸟
降临我的记忆里
站在思想和一种高度
许多年后，我依能回忆起你的容颜。

回忆

晚祷的钟声和黄金般的光芒
逼近黑夜，被飞鸟带向光明的边缘
任凭冬雪扼杀我的希望
我没有屈服，也没有泪水

容忍平凡的生活与欲望
我将以微薄的粮食，鲜花和星光
接纳你，并抚慰纯洁的灵魂
传递圣恩的阳光与问候

将要跨入新世纪
你以优美的姿态，让人回忆的容颜
在另一座陌生城市里
骑着木马，在寒风里守候我。

相信

我用尽一切办法挽回
我知道你的忍受已到极限
伤口也难以愈合
面对即将来临的幸福，要忍住悲伤

用美丽的雪花为你写诗
也许前世的泪水中我们有缘
全是为你，风尘中飘落的恋人
在冬夜，我梦见天堂的翅膀

相逢的旅途上
珍惜阔别后留下的回忆
我能顽强地活着，挺直脊梁
我坚定地相信春天会来临。

与你对视

贫困中相爱的人
注定历尽苦难与幸福
还记得苹果园吗
木屋外澄澈的池塘和群山

冬天纷纷落下的雪花
飘落到灵魂最深处
浸透了两张模糊
又逐渐清晰的脸

与你对视
平静后，感觉风景的边缘
那洁净无瑕的光环
触动悲伤的人，向梦境靠拢。

夕阳沉沦的刹那

夕阳沉沦的刹那
雪山的倒影和云朵
昆虫们在深山里合唱
我独自攀上山顶
这秋天的光芒
感受那光的洗礼
时间的永恒
在山顶之巅
我满心欢喜
追逐那花开的美丽
仿佛有神在耳边祝福
记着不要走得太快
也不要离去太早
在对的时间
你会遇到心爱的人。

2012年6月

仰望星空

在深夜，我仍在仰望星空
郊外迎风的树叶静静飘落
蜜蜂围绕野花安眠
有前世的守候与乡愁

飞鸟的倒影，日夜梦萦
我想起野菊花盛开的故园
要过一种笔墨山水的幸福生活
常常就这样回到古代

让孩子们纳税守法
远离贫穷，追求自由
有寒风吹在铁皮搭成的窗户
就感到木屋的温暖。

将近中年

坚定的目光，给草木以温暖
我们做过的事情
别人都做了，相互拥抱
放弃幻想吧
爱情其实没有意义

我拉开木柜一个个抽屉
翻阅旧信，这些都是自己
曾经经历过的岁月
学会热爱生命
要逃离世俗和平庸

我看大街上
忙碌相亲的男女们奔走着
蛰伏已久的黑暗
已蔓延开来
我此刻觉得更是孤寂
我毫无准备
人已将近中年。

岁月的流逝

河水在流逝
石头是不流眼泪的
树木在冬天一片片枯死
而你和我
都无法阻止时间的消失
看到星辰挂在夜空
溪水流过草坪和幽静的山谷

我们终究都会老去
在头顶的山岗上
在灿烂的群星之间
隐蔽着你清晰芳华的脸庞
愿你在尘世获得幸福。

天涯

诗人杨炼在天津演讲
谈到文学
是一辈子的事情
我看见他内心深处的忧伤
仿佛一棵青青的草
芬芳在风中轻飘
月亮有阴晴圆缺
所有没去过的地方
都是故乡
尊严是最薄弱的环节
在受伤害之后
他的足迹走遍天涯。

2016年6月

今夜的广场

孩子们坐在纪念碑下
信仰像福音般光芒四散
这是午夜
捧上圣水与花瓣
为地下长眠的勇士
驱赶寒冷和祈福

世界的孩子
头戴星光
雨水在花心里熟睡
我坐在大地上倾听
大家在今夜
必须互相依赖

在漫漫长夜
我们等待黎明
抬头仰望纪念碑
我已泪流满面
聆听岁月的钟声
孩子们静静地坐在篝火旁

我们拥有共同的祖国

拥有诗歌和祈祷
广场上，头顶星光灿烂
就在此地
红旗飘飘的纪念碑下
曾倒下无数的英雄。

世界

生活在同一个世界
我们写同样的东西
守望白天和黑夜
期待光荣与梦想
谁来倾听
我内心的忧伤和惆怅

将时代拉入白夜
望着远处雕像的姿势
看看白云飘向南山
看僧人在深秋归隐松林

远行的游子
背着半生的虚荣和心酸
走在归家路途上
世界短暂的日子里
困在方寸之内
我体验存在的方式。

箴言

又是一年清明
广场上，使劲用脚踩地
发出奇怪的声音
颤音在黑暗夜空中缭绕
展现一条神秘的梦境
纪念碑旁是一些
巨大怪形的树木
树顶和天空上星群连接
从此，不敢在广场上用劲走路
怕把美丽的星星震落。

无名纪念碑

十月的天空
我哭泣地下的英雄
飞鸟掠过纪念碑
渐渐传来孩子们
在广场透明嘹亮的歌声

无名者的纪念碑旁
开满了无数芬芳诱人的野花
在春天成长起来的孩子们
在秋风中歌唱
从火焰中照见伤口

我在静静的午夜
希望那些死去的烈士
坐起来和我亲切交谈
把你的名字告诉我
再安静地躺下长眠

无名英雄的鲜血
埋下的骨头和钢铁
若干年后，结成芳香的花朵
献给了这片辽阔的国土
洒满阳光、谷穗、根和甜水。

怀念英雄

我写下的祖国，美丽辽阔
鲜血映红黎明的天空
流成一条汹涌的河
贯穿天安门的纪念碑

夜深人静
我在满天星空下
怀念这些英雄
我理解纪念碑的意义

在和平宁静的日子
谁又能阻挡我们
站起来歌唱
阳光抚爱的大地，森林和江河

英雄倒下了，业绩与天地同歌
启明星消失的黎明
红日洒下耀眼的光芒
是传颂英雄的证据。

1992年诗抄

我痛苦地站在你面前

我痛苦地站在你面前
你不能说我一无所有
城市的夜雨
雨珠撞在透明的玻璃窗外
像一群无家可归的流浪儿

枯黄的照片夹在诗卷中
我们年轻时喜欢唱的那首老歌
已经被人们一唱再唱
可你却离开了人世
我至今记得你生前的模样

在天津一座阁楼内
我挑灯披衣
梦想一棵光明之树
我在漫长的空虚里等待
死亡并非终结。

睿智者的信札

天空中飞翔的鸽子
被贪婪的人传为和平
把武器送进博物馆
把英雄的名字
刻在广场纪念碑上
我们生于陆地
我们在月球上行走
也有人在水中穿行
在天空中游泳
千百年来我的痛苦与生俱来
黑夜降临大地
远方传来寺庙里
睿智者的信札。

2008年

或许

或许不该这样匆匆相识

命中注定我们擦肩而过

秋天播下种子不等于收获

或许明天过后还要下雨

你哭泣，忧伤的是我

现今，我学会随遇而安

细致，宽怀和些许的幽默

或许每个黄昏

都要在你的窗口徘徊

朋友最终并非都是友谊

或许，春天是该给你写信的季节

我是如此平静地爱你。

小夜曲之二

冬天深了，唯有我还在写诗
我含泪在烛光里许愿
让全世界的母亲拥有幸福
如果你同意，等于你是有福的人

北方的夜晚，我听见落雪了
雪花飘落夜色笼罩的团泊湖
大半个江山都是你的，我已受伤
谁给我安慰？

幻想远方水蓝的天空，有宁静的美
世界上一切都还在继续
今夜，是最后的抒情
我内心的灯，就要熄灭

浮世清欢

天津，这座想象的城市
我每天感知生活，以及等待
一个人的浮世清欢
两个人的细水长流
风中传来大悲寺诵经的声音
我听到的都是对苦难的赞美
我是否活过了头
我活在来世里
仿佛活过了无数个世纪

当我藏起心中的伤口
我的伤痕画成了万水千山
我的祖国辽阔壮美
我为自己活在眼前这个时代
而心怀感激
在我四十岁的时候
经历的苦难让我彻夜难眠
我独自流泪到天亮
泪水流入深渊，汇入海河
在望海楼的霞光中静静地闪耀

生活中我们各自隐藏

有时用一千种无助的方式等待
我剩下的几个朋友
都是琥珀珍珠
将被未来的年代秘密珍藏。

2016年2月20日

希腊的白夜

爱琴海长长的海滩
有洁白的云朵和鸽子
黄昏的港口，大海在慢慢地涨潮
这是海伦的故乡
街头的姑娘头顶鲜花
满怀骄傲，夕阳也变得温和
看街边的动物
都躺着，没有站着的
没有狗和诗人去流浪

青铜骑士昼夜为雅典站岗
远眺群山，郁金香开满蓝色的天空下
这是个悠闲的民族
回忆若干年后的天津
灯火通明，我加班伏案
写判决和裁定
仿佛在幻觉中。

浮世之爱

——给2026年的女儿徐来

亲爱的女儿
希望你活得精彩
也活得真实
希望你过上我从未了解
也未曾见过的新生活
你要相信
这个世界是善良的
而非邪恶
如果一个人相信世界是邪恶
他将终其一生
去制造谎言和壁垒

在你的童年
树林中漏下的一缕光
或者草叶上一颗露滴
都可能是你留给我的启示
和无法把握的命运
女儿，将来的你
要做一个有品位的人
会给孩子们讲故事
有人情味儿

你要学会一门乐器，比如钢琴
爸爸就是希望
如果有一天
我不在你身旁
当你觉得不开心时
你可以给自己弹一首曲子
当熟悉的音符环绕着你
就像爸爸在你身边一样

我从未遇到的忧伤
孩子，在未来的生活中
更成功地寻求自由
是你自己的幸福
不是我们父母
如生命的清泉
它会将宁静渗透到
你内心深处每一个角落

我们不管怎么挣钱
都不会觉得更加快乐
所以我经常想
你一定不要像现实中那样
追求金钱或房子
而是真正开始追求幸福
你要对未来怀有美好信念

相信未来是光明的
虽然我对命运所知甚少

星空一望无际
我怀抱孤独
一张张难以辨识的旧照片
一座有河流围绕的团泊湖
一排孤寂的小木屋
只有天空和绿草地
你坐在桃花丛中
一副天真烂漫的神气

我相信你一直在我们中间
与万物为一，活过一生一世
像大地上的青草
从不带走什么，包括尘土
在那里，绿草做伴
我们静坐，默默祈祷
你有着最大的幸福
因为，有爱人陪你同住。

画家帮

在秋天，上海美术馆
办展的画家终日奔波
埋首于琐屑的营生
艺术的目的无人知道
连艺术家也搞不明白
栗宪庭和几个中老年画家
穿着黑衣，形迹可疑
听见有人在讲话
听不清说的什么
现今艺术家没有一个
不稀里糊涂的
用相机拍了几张合影
拍出来照片很好看
策展人萧冰姐
笑眯眯，穿着红棉袄
夹在他们画家中间

2016年10月

飞行家（长诗）

1

悲伤在现实中耗尽

热血终将变凉

世界在永恒的静止

好在白云是透明的

蔚蓝的天空中

飞机闪亮飞过这座城市

像一个银色十字架

我坐在飞机窗口

看到玄窗下的解放桥

和远处的团泊湖

看浮云间的大地

瞬间的心动

人活得都不容易

苦难的人虚构幸福

因现实太接近荒唐

我不要怠慢美好的时光

2

越过阴历和阳历

飞机舱外经过的是香港

想起斯坦福大学的同学

吴忠是美国人

他是越南裔

工作在亚洲高盛集团

他的老板是胡祖六

吴忠当年是橄榄球队长

毕业去了纽约摩尔银行

不习惯美国金融界

陈规陋习

心比大海辽阔，比美国辽阔

在东部的纽约转身

发现香港的魅力和成长

他的选择是正确的

他离开纽约不久

就是美国的金融危机

3

看清世界的荒谬

是一个智者的水准

历史是短暂的

一切都是短暂的

河流终会汇集到海洋

鸟儿静止在天空

城市的尽头会出现原野

开始就是结束

4

飞机在黑暗中飞行
倾听乘客们在谈论
我像隔壁的邻居
在倾听房间主人的对话
有些事当你明白
外面已是深秋
想起当年从家乡出走的
边培心姑姑
最后的美女已经出嫁
她是早年河南体操队队员
姑父叫郭毅萍
是第一代乒乓球选手。

5

我抬头
看看辽阔无边的天空
总是想天空之外是什么
上面是蔚蓝的宇宙
看不到飞翔的鸟
我只写善良的诗
我相信，人的诚实应该
是去天堂的凭证
此刻，飞机降落陆地
世界的天涯海角

在三亚的雨夜
我想起古老的天津卫
雾霾中马场道的教堂
及海河边的津塔
那上边空无一物，也没有云。

贵族精神

女儿，你还年轻
要学会自己评判
世界上发生的一切荒诞
"与你们共存于这个时代
确实是我的无奈
更是我的耻辱"①
不要去相信闲言碎语
富是物质的，贵是精神
诗人的财富是智慧
因为诗人有思想
不再平庸和弱小
不再潦倒和贫困
诗人的力量是思想所赐
它来源于
最牵挂的自由。

2017年2月

注：①引用诗人龙俊的诗句。

老爸的地图

诗人杨炼推着老爸
从台湾菜馆进来
影像藏匿我记忆里
又在某个深夜浮现
杨爸已经九十六岁
他说当年生小炼是在瑞士
他和阿姨坐绿皮火车
从广州直到维也纳
曾在解放前的延安
吃过西餐
招待过香港朋友

他年轻时是中共驻外大使
有很多欧洲朋友
生活在地中海附近
那里阳光明媚
不像天津，每月都有雾霾
我在旁观
学习眺望别人的生活
虚构出幸福或真实
杨炼说老爸是超现实主义
岁月迫不及待

生活没有一刻是安宁的
就像道路不能被修改
人生就是一场旅行

如今，大家见多识广
我和杨炼心里都明白
在这凄凉的人世间
操劳大半生的父亲
和颠沛流离欧洲的儿子
能这样安详地
在天津一起吃顿饭
真是一种幸福。

最后的时光

在医院重症监护室
我心情复杂
医生说借助呼吸机
存活的父亲
已经没有意识了
可在病床前，我跟父亲说
老爸，有我在
你不要害怕，刹那间
我看见他的脸上
眼里有泪水淌出。

有缘

一个人
终究会碰上另一人
或者星空，郊外的野花
从你身边走过
遇见试探
可跌到无人接纳
只有消逝
在人间蒸发
从来与凡人一样
从全世界的你走过
才是相忘于江湖
天上的神一滴泪
地上一片团泊湖
在人世间
诗人一首诗，天上一片云
各有因缘。

2015年10月

致女儿徐来

亲爱的，将来的你
要做一个有爱心的人
你要给孩子们
讲许多有趣的故事
你也会像孩子们一样快乐
将来的你
要做有品位的女人
要学会一门乐器，比如钢琴
爸爸就是希望
如果有一天，我不在你身旁
当你觉得寂寞的时候
你给自己弹支曲子
会把宁静输送到
你身心每一个角落
当熟悉美妙的旋律响起来
并环绕你
那时，就好像爸爸
仍然在你身旁。

2017年5月12日

让孩子们学会善良

让孩子们学会善良
把春天的消息
传送给每一个人
让每扇窗口都面向阳光
世间多一些盼望
枝叶上花朵吐出芬芳
让蒲公英的种子从远处飘回
聚成伞的模样

让孩子们学会善良
远离暴力和战争
我教会孩子们识字
我养了无数的飞鸟
把它们放养自由的天空
用勤劳建起家乡的屋顶
我把苦难埋入心底
用微笑面对世界。

2008年8月

在民间

高手都在民间
我深信不疑
饭后打车回家
出租车里
广播都是英语
多年前出国留学的我
没有听懂
出租车司机
在全神贯注听英语
同时不耽误开车
这就是现实
窗外是辽阔的夜空
是众神云集的地方
有群星闪烁。

2019年12月

圣诞老人

圣诞节
大街上白雪飘飘
圣诞老人形迹可疑
背那么大的包
圣诞老人的家在西方
我想平安夜
圣诞老人一个人
绝不是表面上
送礼物和糖果那么简单
究竟是谁派他来的
一定要去附近的教堂
查问一下。

乡愁

中午飞到兰州
接机的朋友
是台湾歌手游鸿明、张克帆和老曾
大家彼此问寒问暖

我于政法队伍
热爱真理
关注公平与尊严
我喜欢拿起笔和纸
这暴露出文人的出身
我越来越孤独
一穷二白
只是一个写诗的法官

我后半生里
只关注公平的事情
浓雾从远处向我袭来
临街的窗户一扇扇关闭
两岸是一家人
今夜不设防
平等自由应该是每个公民
坚定的选择。

我满身疲惫，满目苍凉

我想到死后的事
我想，我是善良的人
灵魂能升入天堂
此刻，万物无声
窗外长满青草
无知，肤浅和懦弱
这是我年轻时
付出的代价
林间草木自生自灭
鸟兽自来自去
只有人，来得身不由己
老去时，望断南飞的大雁
我满身疲惫，满目苍凉。

2020年2月20日

浮世

小人们无事生非，造谣诽谤
我在烛光里许愿
让全世界的母亲拥有幸福
如果同意，你是智慧有福的人
我已受伤，谁给我安慰？
幻想远方水蓝的天空
所有一切事物还在继续

此刻一轮弯月就挂在天边
照亮我们中间落泪的人。

2021年6月

寻坟

想念已故多年的奶奶
对她的思念
如一盏灯
静静照亮每个旧日子
一直以为，她是被镇压的
一直以为，1950年
她病死在洛阳

如一壶老酒、一溪云
故乡一些鸟各自飞走，消失
那年奶奶是病死的
她是徐世昌后人
是民国政府的公务员
埋在洛阳邙山公墓

如今，她埋在哪里
已无人知晓
好在她还有后人
后人们，也都如秋天的落叶
散落天各一方

在各种悲喜之中

我只愿天黑的时候，回到
夕阳幽暗的窗户下
守着我的孩子们
像一盏青灯守着另一盏灯
漫漫长夜，草木返璞归真
一起漫漫熄灭。

2006年8月

第二篇

世界的旅行

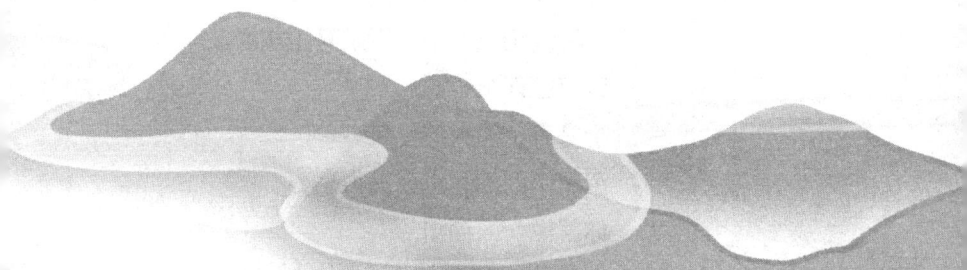

世界的四月

——献给我的父亲

树叶从高处飘落下来
每片落叶都有不同的结局
你骑着蟋蟀来，驾着南瓜
用碧绿的荷叶当翅膀
月光下轻轻的摇篮近旁
就是直逼死亡的墓床
脚下，只有寒夜草丛中
萤火虫的亮光
头顶上有高悬的星辰

树林遮住的天空
树顶有一层柔和的光
看到光就想起你
往海边扔粒石子，于是有了沙滩
对夜空许个心愿
于是有了无数的星星
沉默中的你，也会显得雍容
你就像一面湖泊
在蔚蓝的沉静中
映照天空的广阔与深远

在漫漫长夜里
我等待黎明和相逢
我们一定要温柔地
对心爱的人谈起爱
我们一定要坚强地
向勇敢者说到勇敢。

2011年4月5日

百年以后

如果还有来世
我会选择高贵地活下去
与你们共存于这个时代

作为一个命定要长逝的诗人
我从人世间亲笔
写给在我百年以后的你们
人类的苦难像一颗露珠
迟早会在阳光下
化为轻雾，化为水，空气

降临到人世间
要热爱劳动，思念母亲
对荣誉和理想，这是我的无奈
你有抛弃的权利
它不会改变你的轨迹
不能摧毁你的尊严。

2013年

天上的孩子们

午夜，我站在庭院正中央
望见天上的孩子们
我很多次和别人说过
我已不会写诗了
后院的葡萄架和水井
依然还那么高大
旁边是清凉而旋转的木马
我不知道
怎样才能抵达童年
我在秋天的夜晚
为什么总是听见天上
有孩子们的歌声
并寻找它们
在天空上的倒影和寂静。

2010年

浮世

万水千山走遍，苍凉之中
我攀上山顶，眼前出现
揣着双手呆闲的农民
和没有主人的羊群
我沉默，河水也沉默
仿佛有鱼儿跳动
在星空下
我要告诉你一件事
山谷中不能没有泉水
生命中野花不可以无蝶追随
在树林可以避风。

深渊

我的诗，你正在读到它
从能够听懂的沉默
永远不会离开
因为我脚踏大地，头顶天空
在储备足够的力量
怜悯又把我带回人世间
所有的低处，都是辉煌的顶点
高处的顶点仍在低微之处
躬身，仿佛我在最低处。

2015年

灯光下藏起的人间冷暖

——有感兄弟国企下岗

望着窗外的星星
我睡不着觉
用尽力气可以做的事
就是数绵羊
一头、二头、三头、四头、五头
这个夜里，我数的绵羊有六百头
全是黑色的

我多想将这一群群绵羊
赶到你家里。

驶往天堂的绿皮火车

在悠远的景色中
小溪流过木桥
大河两岸是野花和昆虫兄弟
它们在天空下集合
因生命短暂
而高声齐唱

驶往天堂的绿皮火车
日夜不停
在我生命的边缘奔走
风低低地吹着
蛰伏已久的黑暗
如记忆中的旧火车
穿越远方的中国而来
和我早已生死离别。

花样年华

我遥望故乡
在楼上看山，城中看雪
晚舟上看霞光
天黑了，点一盏油灯
观窗外明月

秋天的蝴蝶随花飞舞
我在树林里避风
听见蝉声
短暂而美好
最好的时光还是童年

想起终会发生的衰老
岁月让人有许多眷恋
深秋遇见的游子
把回忆散落在远方。

世界的旅行

和恋人在美国旅行
那条旧铁路
从都市通向沙漠中的小城
白人和印第安人是朋友
赌场连接着夜总会
黑人姑娘心中的月亮
是闪闪发白光的鱼

天空在不断扩展
东海岸的自由女神像
微笑迎接天下豪杰
纽约的街道如此虚假
远处林荫道上
百老汇的歌舞落入黄昏
欧洲人露出嘲笑

前方是暮色的时代广场
艺术家们在街头画画
有乌鸦纷飞
在异乡，我只能努力活着
写快乐的诗。

在宋朝的秋天

当我老了，夕阳西下
在古树旁回忆旧事
野菊花蛰居偏僻一角
在竹篱茅舍，往事如浮云
我抱古书，阅微秋天
或爬小山，下荷塘
在小树林里重走野路
冬日漫长，正可与一轮孤月
独守，看它照亮
宋朝的旧石桥
等那夜归人，携酒，将维
将篱门轻轻敲响。

2012年6月

花火

年轻落魄的日子
你闲在家里发呆
神在天上，诗在人间
你在诗与神之间度日
你野心太多，才华宜巧
期待的事物仍然不减
却看到了世人的浅薄
诗歌是闪亮我们心中
唯一的花火
我们用它照亮世界
也照亮自我的黑暗
它会比我们活得长
当我们都消失了
它就是留在人世间
夜晚的磷光。

2012年6月

法国梧桐

大雪纷纷落下
望见鸟儿飞过天空
我惊讶，雪下了那么厚
落叶攀附为小洋楼风景
悬挂简陋的老宅前
街边成排的法国梧桐树
都是三叉的
是当年蒋介石
宠爱夫人宋美龄
专门为她栽种的
据说代表三民主义。

暮冬

冬天，暮云低垂
纷纷扬扬的大雪覆盖海河
我看天上的白云流逝
漂泊的生活让我羞愧
马场道租界的街灯
照亮后院，埋下的海棠花
耐不住寂寞的是乌鸦
成群落在阁楼上
隔着玻璃，那些纷纷扬扬的雪花
委婉叙述着寒冷。

2012年6月

致柯雪

等到世上再没有欺骗
有情人终成眷属
在古代，我只能相信
父母指腹为婚
媒人奔波于洛阳的街头小巷
在青山绿水，给你写一封纸信

那时候，书生要写多少首诗
才能赶考科举
能变成道士穿过墙
穿过岁月，穿过一座寺庙
更多时候
他们被撞得头破血流
消失在烟花柳巷

2012年6月

天津阁楼

在天津
一间破旧的阁楼上
借着微暗的烛光
我用孤独蘸着墨水
倚靠着微温的火炉旁
向你倾诉北方的严寒和贫困
神啊，上帝像披着旧军大衣
仿佛就坐在我身后
在为我俩送上祝福
我们两个含着泪水
彼此坚持着
绝不第一个
哭出声。

2012年6月

天城物语

预言家伴着梦而眠
此刻，遥远的钟声响起
后花园的落叶纷纷飞舞
蟋蟀们在月光下
深情地歌唱
秋风送来了理想
现实中的英雄
都看不清来路
朝代忘记了江湖
永恒的是广场纪念碑
将会隐为历史的一部分
我曾经写过的诗歌
它不会完全消失。

2012年12月12日

教堂

在野菊花和阿尔的旁边
有凡高的夜，秋夜趋于深远
那不是静寂，那些凋零的花草
是每一声细微虫鸣
晚安了萨尔茨堡，冷静的天津
一夜的海河岸，
飘着细碎的白雪
故乡方向升起月亮
谁能说出此时的心情
那是一个忧患者，在倾听
你的前世与今生

左手是望海楼教堂的木门
右手流淌过歌手张楚的歌
小夜曲的光和盐
与今夜的雪融为一体
我的心脏，与这片
大地的月亮同时启动
善良的兄弟，先知的书卷
漫过黑夜
那是原初的大地和世界
我们必须行走在
自己发出的光上。

2010年9月

云南·丽江

那年三月，在玉龙雪山
到处是羊群和高山牧场
山坡下是碧波盈盈的湖水
在古镇，站在窗子背后
看到对面青山
树在摇摆，茶花已绽放
山路上的雨衣在飘动
瓦房上的炊烟在扭腰
这些都是在说
春天的风来了

我静静地躺在小河边
手指间看林木生长着
云雀子冲破云霄
牵牛花攀枝藤篱的墙上
天空下散落着束河古镇
远处是花园和驿站
落了一天的雨在傍晚停息
在我眼睛里，在群山之上
有一只金色的鸟儿在飞翔
它唱着幸福自由的歌。

我漫游在秋天的原野上

我漫游在秋天的原野上
携着我的女友，她和我一样快乐
众多的鱼儿跃出水面
蜜蜂和蜻蜓的翅翼舞动着霞光
而我俩走得很远
我对一切事物，都报以热爱
这些寻找源头的鱼
像山谷里一些野花
孤独地生长、凋落
我漫游在秋天的原野上
在内心深处等待日出
尘世的天空，让你安睡的孩子
感觉照耀的光芒。

相遇在深秋

秋天的树叶一片片飘落
离别是淡淡的惆怅
怀着各自不同主张
无法阻挡岁月的逝去
我们都会老的
忧郁它慢慢地占据身体
世事难料，对你期望太高
最美和最伤痛的事物
让我不可自拔
世间常让旅途的人相遇
遇见喜欢的人

分不清白天和黑夜的美国人

在斯坦福大学
我楼上的邻居是个美国人
有过两次婚史
最近刚结婚
又离婚了
在金融危机期间
他的神经有点衰弱
经常半夜说梦话
辗转反侧，一天深夜
房顶传来离去的脚步声
我猜想，他
又要结婚了
房外，下起小雨。

破碎的婚姻

秋天飘落的树叶
来自风中那棵树
我以前曾经被钉在婚姻
这棵树上

上帝对我们是公平的
窗外的云飘向远方
想起远方的大海
遥远的海浪发出巨响
有虚幻的火焰

时间没有静止
明亮的伤痕在扩大、延伸
让人联想
透明、破碎的玻璃。

回忆时光似水流年

宁静的午后
我漫步在斯坦福图书馆走廊间
看老教授反复不停
考证那些很难辨认的古汉字

中国的甲骨文好辨认
南北朝文字最让人难懂
可短暂的生命对于我
如窗外的阳光，正缓缓下沉

几只灰色的鸟飘过台阶
我感到秋天已远
夕照的阴影里，在我心灵深处
海棠花正凄然地从眼前逝去。

1998年于斯坦福大学

早春

我穿过初春的雅鲁藏布江
野花盛开在渺无人迹的山岗上
黄昏的山脉多已消失
雾霭抹去了天空雪山之间的界限
我唱着歌，让晚风引导着内心
寻觅在宁静的林间小道
前方已望见苹果树和玛尼石
还有青草和满山坡的牛羊
我来了，趁着年轻
不知会在这里遇到什么神迹
在早春的夜风中
从前的日子变得慢下来。

相遇在拉萨

山顶的布达拉宫
斑驳的旧墙壁
被岁月的时光照亮
五彩经幡和经卷随风飘动
卑鄙的人，虚伪不可饶恕
圣徒怀着虔诚
阻挡岁月的逝去
在深秋的天空之城
忧郁它慢慢地占据我的身体
我们正在老去
离别是淡淡的惆怅
像我期待的那样
最美和最伤痛的事物
让我们清醒如初。

重阳

想起重阳，在悠远的群山中
雪山下的小溪静静地流过木桥
原野的野花盛开，昆虫兄弟
仿佛临水如临天空

只有天黑之前
恋人要下床，推窗
眼含暮色，眺望天空的妹妹
那一刻她脸色与山色相和。

命运

星辰照亮大地上的河流
我们在黑夜里赶路
天上的风，吹在荒凉的野草滩
一些枯黄的树枝很高，而一些变低了
大昭寺庙里，上一炷香
点一盏酥油灯
我许下一桩心愿
在离开拉萨，我明白了
对我的今生来世
是上天最好的安排。

团泊湖的秋天

四海为家，天空高远
叶子落在十月
这是秋天，我梦想的果实
它们不为世界而改变

有许多动物栖息在山林中
我自由漫步，听秋风扫过落叶
我望着小桥下的溪水和古寺
心灵的清风改变山河的气息

鸟儿衔着阳光穿梭，展开美丽的双翼
迅速从水面升向树木的高枝
若干年后，我独自来到这空旷的团泊湖
回首往事，风中传来孩子们嘹亮的歌声

群山让我感动，眺望秋雁南飞
朋友，看看这落日下壮丽的山河

2006年

一个人的昆曲

那一年，易拍廊

从苏州请来女昆曲艺术家

她中午坐高铁到天津

赶到剧场

不吃饭，开始化脸上油彩

她说唱昆曲很简单

把词说清楚就好

当然也可以

天马行空

她唱的牡丹亭好

她决计和传统翻脸

她说男女婚姻

怎么都是个错误

她献身传扬昆曲的意志

也深不可测

一个人的昆曲

女艺术家五十三岁

至今未婚。

大师的年代

当一个诗人
学会老谋深算
要克制诗人疯的通病
每天坚持洗衣做饭
必须学会忍耐
身旁那些精打细算的
市民和官吏
庭院里开满了花
红的，绿的，白的
万物皆知我的想法
写诗，每一步都是深渊
我要改变传统和履历

2012年6月改旧稿

旅行

通向一座沙漠中的城
还是去年的景象
很多白人
在路边修起木房子
夜宿大峡谷
林木连接着夜空
在胡佛纪念塔旁的山顶
风低低地吹着
那蛰伏已久的黑暗袭来
像灵魂的镜子蒙上尘土
暂时怀才不遇
我心肠很软，命犯桃花
人若善良，灵魂自有暗香。

2012年6月改旧稿

飞鸟

我养了无数的飞鸟
把它们放养自由的天空
黄昏的灯火
在漓江上渐渐散去
溪水潺潺，将水面上花瓣带走
每一片花都悄然飘远

是否还有人记起
我就要离开，去遥远的异乡
窗子对面传来鸟的鸣叫
仿佛探问我的命运
此时，只有鸟儿的歌唱
才是世界上最好听的歌

岁月流逝
飞鸟远去，留下的歌声如故
在我曾经居住的窗口
不再会有人
默默倾听鸟儿的歌唱。

2012年6月改旧稿

加州的雨夜

——邂逅切尔西·克林顿

加利福尼亚的雨夜
夜空笼罩一层雾气
斯坦福大学图书馆里
我给远在中国的亲人写信
把信写得像阳光一样长
迎面走来金发碧眼的女孩
我知道她是我的校友
美国总统克林顿的女儿
我只是异国平民子弟
我们微笑，相互致意
谈话，她短暂停留

我转移视线，窗外的树木
伸展所有的叶子
在玻璃上投下快乐的影子
我看了一眼切尔西
她消失另一个方向
每当夜深人静
我翻开衣柜取出旧衣服
就想起母亲
和黄河岸边的村庄

寄居海外的我

就仿如隔世。

1998 年创作

情节

在加州的小镇
天色尚晚，骑自行车的黑人
与我不期而遇
相视一笑，他顺着校园小路
一闪而过，我们无从相识
回国多年
看到黑人奥巴马
当选美国新总统
他挥舞的手势和熟悉的笑容
让我清醒如初
我总是想着
那个不同寻常的笑脸
和熟悉的身影。

2008年

剪刀

爱情是短暂的
我常常心事重重
无法安抚女友
说过一些不该说的话
做过不该做的事
写过一些华而不实的诗
常常在夜间后悔
白天忘得干干净净
我想到了世事无常
我们毕竟
有过美好的时光。

针尖上站多少个天使

美国佛罗里达州
黑人都在投奥巴马的选票
仰望火炬女神
帝国大厦在慢慢改变颜色
清晨的草树间明显有露珠
星条旗在蓝天上飘动
这个世界的不幸
是独裁者在大谈民主
很多美国人眼中
针尖上站多少个天使
白人打着黑伞赶路
目不斜视
黑皮鞋在马路石板上
踩得很响

2008年

如花飞逝

在西雅图的海滨公墓
一个美国诗人
在雨中扫墓
默默祷告死去的亲友
落下泪水

沉默到最深处
人才显得更孤独
有智慧的人
在最热闹的地方
有更深的孤独

看窗外的白云流逝
漂泊的生活让我羞愧
多年追求的幸福
其实就是转过身
仿佛望见故乡

母亲，你离我有多远
是否还在人间？

春天

春天降临
像一个古老的传说
我不能把你唤醒，随你同行
远方的野花开遍山岗

雨水在花朵里睡眠
共同的音乐里，飞鸟引导我们
歌唱新年的钟声和火焰
可马车最终绕不过春天

传说中的景致
却没有如期到来
春天，终于又走远了
留下我，在这个世界上等待。

1997年

神的嘱托

黄昏，在高原
夕阳沉沦的刹那
狮子抖动着鬃毛，耸立山巅
雪山倒影下的云朵
这秋天的光芒
我攀上山顶
感受那光芒四射
时间的永恒

在群山之上
记着不要离去得太快
我心念着欢喜
追逐一朵花开的美丽
也记着不要走得太慢
在对的时间
重逢，遇上喜欢的人。

1995年

跋涉在大路上

山顶星辰闪烁
唯有理想能拯救世间
火车驶向云外
白天如同黑夜
还有雾，所有路都有归途
我三十岁的时候
还在写诗
我跋涉在茫茫的大路上

我骑着蟋蟀来，驾着南瓜
时而感到绝望
手臂缠着红飘带
穿着梅雨打湿的绿军服
还幻想爱情
绝不想死，也不知所终
火车驶向云外
黑夜如同白天
我喊着前进的口令
跋涉在茫茫的大海上。

2002年

梦境

在金门大桥上
四周多么安静，天空蔚蓝
海水蓝得有些可怕
想起故乡的黄河
伤感的情绪让我沮丧
这里不是我的天堂
我的诗篇
传遍美国东部西部南部北部
传遍五十个州镇所有的城市
让全世界那些白人
黑人和亚洲人聆听
这东方智者的声音
黑夜中打开的双臂
我要飞翔了，那一瞬间
像智慧的大鸟
鸟是飞机的祖先。

别你

你轻轻走的时候
天空中细雨纷飞
我知道
这一次我们不是真的分离
只是将若干年后的离别
提前演习

我眼睛里始终是你
背影让我分不清
哪个是俘虏
哪个是逃离的你
在感情中倒下去那一个
一定是我吧

望见你在细雨中
用习惯的姿势，轻抚长发
走在北京校园里
在远方，加州斯坦福黄昏的湖畔
我独自在雨中徘徊
回味那往日的爱情

从此以后

我的爱情，在大海彼岸的这端
你的爱情，在大海彼岸的那端。

1998年

英国的玫瑰

——悼念英国王妃戴安娜

我梦见埋在大雪中的红玫瑰
白人穿着黑色制服穿过公墓
黑人走进白色静穆的教堂
还有许多孩子和老人流下眼泪
远离人世间，随风而逝的玫瑰
静静地开放远离尘世的天堂
少女们把你的照片收进衣柜
美丽的树枝在风中被折断

这个晴朗的早晨
我凝望城市蔚蓝色的天空
看见飞机闪闪亮亮飞过
像个白色的十字架
王妃的爱情故事，像世纪童话
你只是温柔的女人
我的诗篇在彼岸的紫丁香中
追忆你的芳名，安抚你寂寞的旅途

你高贵善良的心灵
覆盖英格兰海岸与连绵起伏的山岗
你感到寒冷吗？在海滨阴郁的墓园

在栖居灵魂的天国

每当想起你已离开人世

我瞬间涌起一种悲哀

望见瘦削的雨水和泪滴

在风中冷却，花瓣飘零泛黄的草木家园。

1997年

致美国帕罗奥托小城

大地在深秋的暮色中隐退
万盏灯火点燃
相对应河流上空的星辰
升起这座远离大海的小城

我曾漫步这清新的林间小径
鸟儿不停穿梭松树和草地间
远处的胡佛塔辉映夕阳下
成为世人们朝圣的风景

教堂的红色屋顶消失夜幕下
我想起家园的水井和老槐树
母亲弯腰拾麦穗的姿势
让漂泊异乡的游子泪流满面

我经过的地方郁金香在怒放
湖面上有野鸭子泛游
渔火深处，有夜归人走过石桥上
就轻轻地响。

2001年

蜘蛛网

对远方的思念
像一盏灯
静静地照亮每个黑夜
我看见石头上
两只鸟相互依靠
然后各自飞走，消失
我看见蜘蛛爬到书桌上
学生却视而不见
我惊恐地望着灰蜘蛛
在教室筑起清晰的网
我几乎绝望
喉咙干渴想喝水
讲台上，教授说的什么
我一无所知
蜘蛛在织着厚厚的网
网在慢慢扩大、蔓延
我终究被现实的蛛网锁缚。

1999年

木马

我记得你去年的身影
偶尔泄露对你的好感
也是朦朦胧胧
那是我心里装得很满后溢出的
一点点余香
眺望中国的风景里
你骑着木马，在寒风中守候
在加州的秋天
树上的叶子随风四处飘零
像我，最终不知飘落何方。

1999年创作

遗嘱

父亲在弥留之际
拉着我的手
曾动情地说：儿啊！
以后清明拜祭时
一定要告诉我
未来的孙子叫什么名字
父亲已经过世
新出生的儿子叫徐访秋
多少年过去了
事情都已淡漠
我站在窗前
斯坦福大学窗外的夜
是那么静
夜空里，仿佛有星星在看我

愿孩子们在尘世获得幸福

愿你在尘世获得幸福
让我永远驻在你的心里
亲爱的，我们会随岁月逝去
仿佛在头顶的山岗上
在灿烂的群星之间
夜空隐蔽你年轻美丽的脸庞
愿你和孩子们在尘世
获得一种宁静

怀念中国

异国广场坐满流泪的歌手
流亡艺术家让我明白
这是美国二月的春天
自由女神带着问候
漫步纽约的街头
雕像会结出花朵
天空上飞机的祖先是笨鸟
由于物质的折射和刺激
我倒立行走金门大桥上
此时想起遥远的中国
我的兄弟姐妹还在勤奋地劳动
我相信太阳从东方升起
我们必将随着上升

1998年

安息日

全世界的神都在天上
为万物照亮生命
当你从泉边取水回来
院子后面的花开，不是很美吗
小桥深处流水，不是很静吗
让荣耀全部归于上帝

全世界所有爱我的人
我们称兄道弟
伤害我的人，我也为你祝福
战争和疫情也不能破坏
我对天空的仰望
多少年过去了
有的亲人已离去
多少往事都已淡漠

我最怀念的
是那些终将消逝的事物
和黎明时分
天空上那种宁静
火车驶向云外
白天如同黑夜

太阳即使在忧愁的时候
也要披上光明的外衣。

2007年

哲学系

秋天宁静
满校园的树叶纷纷飘落
我要毕业了
这一年我三十岁
留恋大学，愤世不嫉俗
和大家把硕士帽
高高抛向天空中

还有很多时候
我从哲学系范孙楼经过
总有一些漂亮女生
我远远地看
我知道
我离她们越来越远了
就快看不见她们了

这些年，我都经历了什么
我考进大学，混了校园七年
无信仰，虚度光阴
没心没肺，想搞清楚人生
至今毕业了
依然高不成低不就

冷暖由命

如今隐士已经绝迹
想去终南山
可寺庙人满为患
我人模狗样混在官场
人情比纸薄
我老于世故
重视清规与戒律
我只是个法官
校园不归我管。

2009 年

感恩

我仰望天空
神啊，如果这是你的意志
请按你的意愿行事
幸运的是，神灵没有让我
变成一棵树
或者植物
或一颗颗漫天飞舞的雪花
当我年轻时，月亮多么温柔
我们曾对坐着，有时靠着
来不及辨明这里的事物
黑暗就要散去
我们当时正贫困
那些被经历的不相干的奥秘
都曾激动过我的心
虽然之后，事物又重归于神秘
我看不见却无可疑问。

2003年

宽容

在深夜
飘下满天的雪花
那是天上的神，流下的眼泪
你管管尘世的人吧
渺小的生命
被它用一根长长的细线
放到了漆黑的人世间
此刻，一轮弯月就挂在天边
照亮我们中间落泪的人。

梨园冬日的黄昏

秋天下的野草散发着凋谢幽香
眺望远方夕阳的余晖中
那瞬间，有柔情和伤感的泪水
我凝视一池湖水的天空

来临的寂静里响起钟声
鸟儿把辉煌的落日颂唱
我就要启程，去那遥远的南方
还留下我的梨园和白色水井

夕阳悬挂大海边，抬头仰望小镇
粉刷过的红色院墙下蜜蜂沉睡
落叶纷飞，来临的黑夜啊
一如所爱的恋人，当她吹灭了灯。

2000年

梦见冬雪和镜的女孩

午夜，你又梦见那场大雪
渴望幸福的人们去远游
远隔千山万水
你说话的时候
我望见你在树上舞蹈

时间在消失
纯真的脸在黑暗中闪现
我发誓，风景如画的广场上
雕像并不像我们想象的高尚
梦中之镜仿佛再现真实

梦见冬雪和镜子的女孩
当浩大无边的雪降临
我想起远方的大海
夜晚的浪涛和镜子闪闪发亮
这是我们，最平静的时刻。

月亮升起在深山

秋夜，月亮升起在深山
像一只大鸟，展开明亮的翅膀
飞越山林与河流
照亮我居住的草木家园

清冷的月光下，我披衣而起
观察草叶在水底生长，开放
月光相映山林间
松树下顾影自怜，让我心伤

我用嘴把窗前的油灯吹灭
遥望遍地野花和幽静的溪水
在黑夜，山谷里的月亮
你是世界上最美丽的风景

霜林晚桥的钟声，空虚的石头
寒露在月光中落下来
它仿佛与我的恋人有关
梦中，我又望见故乡。

1994年

初春

我老了
尚未写出惊世之作
在这平静的人世间
初春，我指派我的孩子们
登高望远，浮云滚滚
打开一小片窗户
远方陆续传来音讯
我像流浪儿一样赤着双脚
漂泊在异乡
所有回忆将随风逝去
在春天，北方滚滚而来的雷声
覆盖我们幸福的往事。

2002年

表达

这些年，我都经历了什么
平静的生活以及爱情
也不值得怀念
它们都曾是旧的
我深深地感到幸福
我想念你
我记得你去年在秋天
渐渐离去的身影
偶尔泄露对你的好感
也是朦朦胧胧
那是我心里很满很满后
溢出的一点点余香。

2006年

前世今生

这代人终究要老去
想想真理和幸福的往事
让我流出泪水
世界让像孩子般的诗人
年轻、稀少而珍贵
对插花和厨艺
不感兴趣，讨厌婚姻
手持蜡烛，以梦为果实
一往情深抚摸着文字
渐渐骨瘦如柴
我精疲力竭，把生计耽误
成为少数人。

贫乏的敬意

每天穿着背心
整理书房
阅读远方来信
黄昏后也不点灯
和星空对视良久
我光荣而固执
走在诗歌的征途上
已经很多年

这些少数人掌握
对话自然与神秘的本领
而他们，也没有放弃
向世人传播
美德和善良
当你感到诗的神秘时
请再次给他们送去
贫乏的敬意。

诗人的黄昏

秋天的大道向青天
我长途跋涉，走遍黄河两岸
云朵浮在我头顶，芦苇丛里
风过后青草里开满淡蓝色的野花
有鸟儿飞过这片山坡

落日下的黄河，静静流向远方
流向广阔的平原和村庄
我生活在城市里，默默无闻
一日三餐，我幸福感恩
命中注定是个天才

宁静的夜晚
独自一人在星空下
研究法律和获得诺贝尔奖的五种方法
我可以写回忆录，给孩子们补补功课
我可以爱他人，阅读《圣经》

明亮的夜，让我怀念
美丽而贫苦的故乡
我写过很多故园的诗篇
可无处诉说我的苦难

大地苍茫，寻找源头的黄河去而不返

我吹灭灯盏，坐在寂寞的房间
再掌灯，把你照亮
今夜，刀枪入库，马放南山
望着墙边一盏油灯
只想你的模样。

2005年

倾听

这样的年代
群山环抱，在山顶之巅
广阔的天空下
有孩子们在成长
风尘中有短暂的回忆
我端详远方的星空下
诗人们贫穷地生活
火车驶向云外
像我期待的那样
现实中拥有众多的歌唱者
在许多声音里
我选择了倾听。

2000年

生命

这代人终究要老去
大河奔流永不复返
月亮在午夜显现
夜空清晰，还有微风
世间万物逐渐隐退
半夜醒来
想起这世间的凄凉
我们不怕消失
我们在闪亮，不断地闪烁
黑暗不是绝对的
星光总有不断地照亮人间。

2007年

纯真年代

——写给我即将出生的女儿徐来

在医院刷白的庭院里
声音与幸福的传递
必然有联系
秋天很遥远
孩子，你就要来到这个世界上
如果你长得不漂亮
或者说智商不高
你要原谅我和你妈妈
我们已尽力而为

在我内心深处
充满了善良和诚实
希望你长大后也像我一样
养成良好的品德
我决定从小就开始宠爱你
直到你长大成人
让你未来的老公接着宠你
年轻的爸爸
要为你举起一盏灯
为你照亮道路
并拉着你的手走向幸福

我看见夜空第一颗星
不再是满天的浪漫
是来自神灵的保佑
直到有一天，我老了
门前石榴树上，有新生的果实
小石榴仿佛在低语
世上多么神奇，一切悄无声息
仿佛能挽回昨天的时光
孩子，你初到这个世界的神情
我至今依然记得。

2007年5月12日

天空之城

天空上的城
有我们看不见的光芒
我抬头仰望
世界的尽头
是天堂和边界
无知，肤浅和懦弱
这是年轻付出的代价
梦见诗人在天空上跑步
每天活在理想中
我多么沮丧
能好好活下来，已是奢望。

2001年

隐居

当我老了，夕阳西下
蛰居在古槐树旁回忆旧事
野菊和豆角长在青菜地里
我坐窗前，往事像天空的浮云

竹篱和茅舍，依靠湖水边的草堂
我怀抱古书，阅读秋天
我曾爬上离我们最近的山岗
眺望铁塔行云下的荷塘和小城

冬天漫长而寒冷，岁月的旅途上
神庇佑我漫山遍野的清明
守住我最后的平原和北方白杨
美丽故园，和即将消失的朝代

远眺绝唱的清明上河图
一轮孤月，照亮旧石桥
夜归的游子走在上面
就轻轻地响。

2003年

致台湾诗人痖弦

贫穷的诗人
听见阳光和甘露洒落窗台
依偎在海峡薄薄的夜色里
曾经有过思念故园的水伤
夜幕下是村庄，浮动的河流

在薄薄的海峡那一端，涛声依旧
夜晚闪烁着故乡的明月
家园是荷塘和遍地野花
唱一首乡谣，沾满温暖的往事
仿佛看见羊群在黄土坡上吃草

现今已是中秋，你凌波而来
划破薄薄的海峡和夜晚
返回豫北河塘边，小窗伴随灯火
童年一起割草，那消瘦贫瘠的姐姐
已云鬓插花，远嫁异乡

你临风而立
四野的庄稼在风中舞动吟唱
传到昼夜的台北
灯下写诗的人
依书枕寒，暖暖的心窝里。

1996年

独居

这是三月的家园
鸟儿在树枝上，不停地低语
凝视叶子轻轻地落下
和石头上的露珠
证明一切事物，又不给予肯定

遥远的年代
从大海中一滴水
到今夜，油灯下沉思的你
我怀着感恩难言的心情
身体在一盏灯里慢慢熄灭

山中天色，已近黄昏
树叶纷纷飘零，落叶纷飞
仿佛看见爱情的逝去
我已经老了
我传世的诗篇尚未问世。

1995年

五月之夜

五月的乡间麦地里
飞鸟和天空保持着距离
遥远的风，吹在我的村庄和河塘
吹在家乡的麦地上

朋友们躺在麦垛上谈艺术
唯我在想远方的情人
头顶上阳光一颗一颗
洒落五月的麦地里

晚风轻轻地吹着，我在谷场上熟睡
梦见童年的风筝和父亲
五月的麦穗和乡亲们
村庄上面是满天的星光。

1993年

诗人的自画像

年轻落魄的日子
我在家里发呆
神在天上
我活在人间
对现实期待的仍然不多
诗在我们心中
是用微亮的火花
照亮世界
也照亮我们的光
我们的热爱，令我感到自豪
这终生否定的一切
最后被世人承认，在晚年。

2008年

加州的秋天

雨水落在八月的加州
我眺望窗外的风景
海上升起北斗七星
照亮我的思念
在暮色的苍茫夜色中
你骑着木马，在寒风中守候
从天津到加州，秋天的树叶
随风四处纷纷扬扬的飘零
像我一样
最终不知飘落到何方？

1998年

岁月的遗照

我美国女友海伦
学习汉语，喜欢京剧
宿舍墙上挂着老照片
我那件破旧的军大衣
绿花边已经磨尽
挂在老藤椅上
这段异国恋情
世事难料
仍存在潜规则
把家人嘱托与期盼
越过太平洋
让万水千山的爱情
蔓延尘世
此时，海伦打开我为她写的诗集
轻风吹来
忽闻万物芬芳。

2002年

月光照亮我的草木家园

穿过黑夜，那来自远处的钟声
敲打古老宁静的水乡
小镇，纸窗上轻轻移动的月光
带走童年最初的记忆

如水的镜中，映亮千年明月
编织人类古老的梦境
渔火深处，望见浮动的天鹅
用翅膀拍击水中的月亮

往事纷纷，如今夜皓洁优美
温存如歌的月光
不留痕迹地滑落船底
水纹映出朴素的光辉

月光照亮我的草木家园
和相依为命的村庄
静谧的木屋，是岁月返照的微响
孩子的梦，很快就要醒了。

1995年

和大师相见

在古代的秋天
如果和你相逢驿站
我们聊长生不老，谈婚姻
像我期待的那样
一切都是虚构
当我走了很远的路
平静时，才从内心深处
对现实感到失望
我请求上苍
给我更明确的暗示。

2005年

寻找骑手

——写给张楚

那些骑手的观察早已成为
少数人，甚至忘记危险
它们创造过神话
我看不见，却无可疑问

骑手跨过平原，四野漂泊
走在整个世界，辽阔的黄昏里
曾经激动过我们年轻的心
虽然之后，又重归于神秘

八月的蝉声唤醒了秋天
挖掘很深的梦，有歌声响彻大海
漩涡里有鱼群临近陆地
那是我们生动的影子

璀璨的星光下，共同的音乐里
想象骑手抵达彼岸
静坐灯下，感觉木屋外的黑马
展开翅膀，在月光的草原上飞翔！

黑马的名字，传遍我居住的城市

没有太阳的季节
骑手走在另一风景里
已经被人们遗忘。

1995年

坐看云起

我喜欢你的沉静
和年轻的脸
连同你美好的声音
我看见石头上
两只鸟儿相互依存
在秋天各自飞走
望着窗外消失的流水
灯火静静地照亮每个日子
让自尊获得安抚
让智慧获得赞许
人世间花开花落
窗下，我坐看云起。

2005年

阳光下的父亲

阳光下的父亲
安详坐在老树下
他知道，秋天过后菊花要衰败
仰首看天空的父亲
随时准备着
和即将列队经过的大雁
结成伴往南飞

父亲仰望远方
突然想到身后的事
带着恍如隔世的伤感
望着遍地菊花
似乎对它们说些什么
可始终没讲那句话
阳光照在父亲和蔼明亮的脸

老父亲的身体
已经无法直立行走
每天缩在院子角落里
云朵从他头顶悄然飘逝
日子为什么过得这样快
太阳快要沉下去
父亲安谧而宁静。

秋山 · 寒夜

远离尘世的喧嚣
故园的山坡上，在秋虫的祷告声
我茫然四顾
通往朝圣的路很遥远
午夜，我像一头困兽
潜入梦境
独坐水塘边垂钓
天鹅游在渔火深处
树叶被河水静静的带走

红月亮挂在树梢
像一只鸟，扇动明亮的翅膀
飞临故乡的屋顶
今夜的月光
照亮我的草木家园和青春
打开残废的诗篇断章
还有什么与时光抗衡
岁月漫长，而生命短暂

秋天的夜晚留存有余绿的树林
草坪上纷纷飘散的黄叶和香气。

1996年

人近中年

万物顺应各自因缘
我目光坚定，给草木以温暖
拉开木柜一个个抽屉
翻阅旧信，这些经历的岁月
让我学会热爱生命
逃离世俗和官场
逃离尘世的烟火
我看大街上
忙碌相亲的男女们
黑暗就会蔓延开来
而我毫无准备
人已将近中年。

挽歌

更长的黄昏，让我们去往何处
低低的云朵和山岗上落日
大雁飞往北方，故园的篱笆倾斜
夕阳下南瓜结筇，葡萄藤攀缘院墙上

仿佛山岗上的树
可以接近那块云，它渐行渐远
微红色的光芒布满天空
群鸟归林，用信念打开明亮的翅膀

追忆往事
公园里有散步的老人
连同纷飞的落叶、野菊花和黄昏
组成了秋天的景观。

1995年

老故宫的夜

三月的汴京，繁台春晓
树叶落于泥土，祖先奔赴天堂
鼓吹台上的行吟诗人
悲伤的搭起迟暮的草屋
这是埋我的地方

黄河左岸，野草蔓延的古城
从卑微出发，石头证明一切
又不给予回答
是流沙越过龙亭和铁塔
是岁月漫长的寂静

那年深秋的宋都
庭院落叶飘零
你的主人是无言的野菊花
是漫山遍野的秋虫
英雄早已随风远去

当年汴京的灯火
适合于怀旧
多年之后，远居海外的我
熬不过今夜细雨中
对故园的思念。

春秋书简

外面又下雨了
你出门要多加件衣服
有风吹在我们身上
我知道，风从我们中间穿过
远隔万水千山
在午夜
我寻找属于你的星座

你背叛我的时候
我恨你，因为我爱你
你要学会穿男人的衣服
你要学会变成我的兄弟
我始终相信
恋爱是一场革命
只有志同道合
才能夺取最后的胜利

望见你在树上舞蹈
肤浅，懦弱和错误
是年轻付出的代价
站在异邦的大海边想你
我不让眼泪流出来

倾诉的歌声，在附近的山谷里
在音乐和赞美诗中
流过草坪，越过幽静的溪水边

在棋盘上谈论人生
讨论家与国的恩怨情仇
心灵的窗口，最终无法关闭
秋天的枯枝和如镜的河水
增添了世间的悲凉
处在困境中的爱情
只有心的选择
灯下的我沉默不语

我在大地上变得坚强
谁在灯下沉默
凝视卷书中的爱情
我亲切地想起过去
这寂静夜晚常有的情景
在自己有生之年
在雪花纷飞的不眠之夜，
把死去或尚存的亲人珍藏。

2000年

春天幸福的鸟儿

即将逝去的冬雪
湖畔边的春天已经到来
这幸福的鸟儿再度降临
在庭园里唱出悦耳的歌声

孩子们是幸福的，在天上跑步
天空高远，望着蔚蓝的天际
我要从明天起
热爱劳动，远离所谓的知识

生命是一条涓涓的细流
小溪尽头，落日消失在远方
童年的歌声和遍地风筝
仿佛挽回我旧日的时光。

2002年

含笑终生

我在寂静的烛光里许愿
有些树木是会流泪的
有些微笑意味着死亡
让所有的生命迎风放歌
而爱情与宽容的日子
也不值得注意
他们是旧的
我深深感到幸福，又为对方怜悯

我在寂静的烛光里祈福
坐在人群看不到的地方
冬天的火炉旁
我在还愿
那是另一种生活
衣衫褴褛，沿着歌声的方向
和岁月的边缘
及流浪歌手的背影

我习惯在黑夜中祷告
倾听来自窗外那高远的钟声。

1995年

雨中的天鹅

初秋的湖岸，枯苇潇潇
天鹅浮游在雨中湖面上
四周林木静静的
它挽留了时光，使我久久停留

雨中的天鹅，你深不可测
身临其境，孤独远离其他伙伴
如镜的水面上，你独自而行
雨点落在它的周围

华贵的气派，由于你的存在
世界的黑暗里有光
纯粹白色的光环
我未曾接近向往的归宿

淡淡的忧伤的天鹅
蓦然相逢，像白色的天使
流水的归去，是否看见你早夭的爱侣
保留容貌中片面的美好

一个阴雨绵绵的日子
独自来到湖岸边

我抬头望去，还能否看见
去年秋天，雨中那只忧伤的天鹅。

1995年

暮冬

冰冻的日子里
雪下了那么厚
火车站旁的解放桥和世纪钟
攀附为岁月的风景
五大道落叶纷纷飘落
暮色里，想起至今
依然爱我的姑娘
我忍不住掉下泪水
看水中的白云流逝
漂泊和贫穷让我羞愧
我与世隔绝，茫然无措
热情最终化为灰烬
风中随手捡起几片落叶
掩遮女孩忧伤的大眼睛
遮住整个冬天。

小木屋温暖如春

远方一盏灯
点燃孩子们的眼睛
城市很多很多的灯火
像飞舞的萤火虫
我站在窗口
凝望远方的山峦
雪山的倒影和湖面
让我想起野菊花盛开的故园

我怀念
那些过去苦难的岁月
在极度贫困的年代
我坚守所爱的姐妹和粮食
周围是摇曳的水草
荷锄归家的农人走在
小径间，有树叶飘落
蜜蜂飞绕石头的野花

半夜的池塘
有蜻蜓落在荷花上
木棉树上歌唱的鸟儿
有不变的守候与芬芳

在午夜，有寒风吹在铁皮
和木头搭成的窗户上
我就感知小木屋
温暖如春。

深山已晚

钟声敲开冬日的序幕
前方迷漫着风雪
四野漂泊
让我们的歌声响彻原野
感受爱情的欢乐和忧伤
我祈祷拥有对方的心
看水中的白云流逝
守候的生活，让我羞愧

在宁静的家园
安居乐业，赶走战争
秋天的花园里
枝头缀满果实和谎言
无论如何
我们的孩子必须真诚
旅途上的夏日
鲜花遍布山谷和溪水边

艺术和饥饿
让我身心疲惫
在生命有限的日子里
让迟钝的大脑装满思想

摆脱世俗和偏见

这些事情都与法律无关

感谢春天，祝福生命中

度过每一个黄昏

深山已晚

厌世者在寺庙冬眠

光阴中的春困和夏日

孩子们饱含泪水

望着远方

沿着远处的铁轨去流浪

带着狗，新年的太阳

会照亮我们沿途的风景。

爱情十四行诗之一

遇见你，我永远都是不知所措
带枯枝的树上挂着满天星星
远处漂来上游孩子们叠折的纸船
月光下树叶被河水静静地带走

在秋天的树下想起那桩往事
你光着脚丫，闪动美丽的大眼睛
我以某种温柔的方式袭你
很想把那桩心事告诉你

也许我们风雨兼程各持一方
我站在大海边凝望星空
也许任何事情都不过一声叹息
告别不过是一种假象

想象为你送行，你走遍天涯海角
也走不出我的心界。

爱情十四行诗之二

高贵和纯洁的少女
我常常想到你的一生
渴望拥有你的微笑和智慧
但如果你愿意，你可以拒绝我

我躲避尘世的喧哗
我要唱的歌，直到今天都没有唱出
在满天星空下向你祈求
开启柴门，让无家可归的我露宿

我遍身伤痕，受伤而且忏悔
不肯放弃我的事业
游历四方，我依然相信简单的多数
在世俗的屈辱中，承受欺骗和谎言

仁慈和智慧会获得人们的赞许
让我们的自尊心重获平静。

爱情十四行诗之三

你的眼睛如此明亮，照彻寒夜
让我毁灭，让我一错再错
记忆里，那条街道是那么宁静
后面是一片小树林

走出这条静静的小街尽头
我的命运就从此注定
一弯新月升起，霞光暗淡下来
大雁掠飞黄昏的广场

悄悄地走进你的身旁
微笑着，感到世界的美好和希望
我要给你唱歌，满含光明和爱情
给予你向往的风景。

爱情十四行诗之四

我听见风吹树叶的声音
湖边那栋红色的楼窗里
显出你的身影
让我回忆过去的时光，似水流年

加州那个多雨的秋天
我双耳不闻国事和江湖恩怨
毕业时，我告别你
游子要回中国，儿女情长

不忍心离你而去
你说要等我回斯坦福
若干年后
我漫步在北京深秋的细雨中

追忆着让我难忘和惆怅的时光
寻觅你带走的故事。

爱情十四行诗之五

初冬，蓟门桥下的河水，缓缓地流
它仍在愉悦我惆怅的心灵
寒气尚未消逝，一如往日
只有我们有过的已不能再有

我知心的朋友
此时，你在午夜星辰下睡眠
水草青青，伴有夜鸟啼鸣和花香
夜色笼罩大地，脚下是轻轻滑落的树叶

蓟门桥下流动的河水，带走我的烦忧
女孩，我为你祈祷，也为你骄傲
闭上眼睛，让我们相亲相爱
让沉睡者梦见路灯，四处奔波

在你黑发上轻轻放上我的手
我今夜只有祝福。

爱情十四行诗之六

往事随风而逝
朦胧的是落叶和满天星光
纯洁的歌声让我感到温暖
让我遗忘了尘世的烦琐

在每个黄昏，多少次灯火阑珊，
在这宁静的启示里
我深深地感到你的青春和愁绪
夜露渐渐凝重我窗前

我在窗玻璃上用孩子的笔体
写上希望，用四季的歌声为你引路
让我代替你的父母爱你
请相信，我会比他们更关心照顾你

等你老了，炉火旁会让你明白
我的灵魂曾静静地陪伴你凋零。

爱情十四行诗之七

秋天的花朵向微风献出了香气
荷塘边的蜻蜓仿佛挽回童年时光
请珍惜献给你的鲜花和祝福
它寄以我最深切的怀念

有着远方灿烂的前程
年轻的我，叹惜贫困的悲哀
心灵的路，艰辛跋涉旅途上
我像孩子一样固执地坚信理想

相信命运，珍爱诗歌
女孩，我在屋后打铁，门前绣花
这些小事永远激动着年轻的我们
我向你倾吐自己的痴情

我要骑马走过你居住的村庄
让满山的高粱和辣椒，染红你家院墙。

爱情十四行诗之八

轻轻地告别这个世界
我倾听教堂传来唱诗班的弥撒
短暂的仰望，星辰不再是光芒
感觉天空是那么湛蓝和辽阔

我感觉海洋是汹涌和深邃
我感觉万水千山走遍
是对这个世界的愤怒和遗憾
软弱是诗人的耻辱

美人的躯体和镜像
时间留下的空白
我已不愿放弃
属于大地这渺小的生命

在深夜，我无语独坐
望着窗外的夜空，数满天星星。

爱情十四行诗之九

把房子筑在童年的秋千上
把露珠碾碎，把萤火虫收进瓶底
你看到河流中
没有人能毁坏的道路

还连夜为初秋拔了许多草
分发给植物们御寒衣物
看到飞鸟展开飞翔的双翼
衔着阳光穿梭森林间

还教会孩子们叠纸鹤
在白衬衣上绣上少年名字
你看到远在天涯的游子
走在开满鲜花和石头的路上

望见四海之内，神的国度
莅临我们沿途的风景。

爱情十四行诗之十

世界上一切并不都是梦
或许春天是给你写信的季节
雾起黄昏，在窗口徘徊
朋友最终并不都是友情

命中注定擦肩而过
现在学会随遇而安
明天过后，天空也许会下雨
你哭泣忧伤的是我，而不是你

在这个城市，轻声唤你的名字
我的祝福在许多年后的夜晚
开放成漫天遍野的星光
照亮你的在水一方

我在为你写诗
唱我俩都喜欢的那首老歌。

2000 年

在漫长的空虚里等待死亡

——写给诗人伊蕾

你离开了我们
我至今记得你的模样
我痛苦地站在现实面前
对这个世界的愤怒和遗憾
不要说我一无有所
夜晚的雨珠撞在透明玻璃窗外
像一群无家可归的流浪儿

我们年轻时喜欢唱的那首歌
枯黄的照片夹在诗卷中
苦难里的那些诗人
操劳与辛酸的往事
我沉浸在思想的睿智中
天津一阁楼内，我挑灯披衣
得以放眼远眺的光明

我在漫长的空虚里等待
宁静的死亡和重生
那些生命中不能抛弃的理想
那些生命本能中
不能遮掩的事实。

箴言

一个纯净的孩子
很喜欢爬树，进了森林
爬到一棵大树上默默聆听
大树长啊长，一直把孩子
送进了白云里

广场上，使劲用脚踩地
发出奇怪的声音
颤音在黑暗的夜空中缭绕
展现一条神秘的梦境
纪念碑旁，是一些巨大的树木
树顶端和天上星群连接着

从此，不敢在广场上
用劲走路
怕把美丽的星星震落。

2000年

沉默的年代

我开始相信沉默的远方
星辰在闪耀
深蓝色抹去天地之间界限
静止而肃穆的群山

人间的草木四溅
此刻，万物皆得恩泽
这广阔的夜晚
深蓝的江海是多么真实

波涛在大海深处涌动
沉睡者梦见多少灯塔
午夜像星空一样，如最初
隔在我们中间的山水。

献给阿兰的十四行诗 (组诗)

怀念

每一座山旁都有几间茅屋
喝泉水，唱山歌，我要养十个孩子
远方的路途不代表什么，在深夜
我以不同的姿势为你歌唱

起雾了，望着窗外茫茫夜色
你生活在远离亲人的异乡
感谢你给我一次经验
你的处世和微笑，毕竟不同凡响

在深秋，望你渐渐远去的背影
世间的感情，很难以用语言表述
走吧，你是我最好的姐姐
在北方的天空下，我默默为你祝福

就要分别，互道珍重
拥抱你，我脸上有遮掩的泪水。

星空下的回忆

道声珍重，你消失人海中
是你带我穿过这片洒满阳光的草场
落絮飞花，我倾听你夜莺般的歌唱
阿兰，你的微笑至今让我怀念

你远走异乡，在记忆深处
你圣洁明亮的歌声
伴我度过无数寒冷的日子
很多年了，声音还是这样感人

我把你的名字刻在寒冷的窗户上
我亲爱的好姐姐
在深冬，天空闪闪亮亮飘落下雪花
埋下我的思念和深情

山中暮色依旧，在山林的木屋里
我抬头，望见夜空璀璨的星斗。

谣曲

我们分别了很多年
我回忆起那飘雪的山谷和小草屋
我在远方的另一城市爱着你
也会由衷涌起一种幸福

原野上的花儿开了，伴有大雨和狂风
每片草叶上都刻着海誓山盟和承诺
我含着泪水，为远方的你祝福
在大海边，让我噙满星空般的祝福

你的名字在飞鸟的歌声中回旋
阿兰，我不会放弃梦想和誓言
还记得吗？在春天你要和我结伴去流浪
往事永远保留我憔悴的心中

在北方，不知有多少个雨夜
听到雨滴像石头，从我灵魂深处坠落。

冬日

黑夜升起了，像月亮般美丽的女人
我知道你带着水伤，孤单的阿兰
浮云般的北方，铁塔湖畔，子夜平原上
每一盏温暖的灯火，都是期待的归宿

落雪了，记忆中那一场雪可真大
像白衣少女跳起欢乐的舞蹈
你柔情似一池清水，眼神柔和
依偎在我手臂喃喃低语

当我们年轻时，那时月亮多么温柔
我们曾对坐着，有时靠着

来不及辩明这里的事物，黑暗就散去
故乡仿佛像一个遥远的童话

我总是伤感和怀旧，在白茫茫堤岸
静静地看雪花落入黄河。

2006年修改

我漫游在秋天的原野上

我漫游在秋天的原野上
携着我的女友，她和我一样快乐
众多的鱼儿跃出水面
蜻蜓的翅翼舞动着霞光
我俩走得很远，前方已望见苹果树
而我对一切事物，都报以热爱
寻找源头的鱼，像山谷里一些野花
孤独的生长、凋落
我在内心深处，等待日出
尘世的天空，让你安睡的孩子
感觉照耀的光芒。

2002年

细雪

大雪降临，飘落在女孩叶子
送我的归途中
雨雪纷飞，风雪中
你撑伞的姿势
让我感动
你教会孩子折叠纸鹤
在光鲜的衬衣上绣上少年名字
叶子，你像白色的雪花
慢慢消融在我迷茫的眼中

细雪打湿了枯黄的树枝
和路旁去年的野草
冰雪封住通往故园的路
我日渐憔悴
挑灯披衣，夜不能眠
我多么热爱一个叫叶子的少女
我隔着空空的山谷
轻声唤她的名字
我知道，我们曾在童话中相见
倾心如愿，又失散了很多年
寒山远水，空山凝云
叶子，你让我心痛

在秋天，我为你写下许多
祈祷的诗句和祝福
有很多善良的告诫
你赤着美丽的脚丫
跑在树林里
像一只鸟儿，自由飞翔高空
叶子，在熄了灯的夜晚
我沉浸幸福的回忆中
苹果树和家园的水井
合欢花香在空气中浮动
今生注定，我生命的歌
是唱给你听的

满街的落叶飘零
带走早年的歌声
我写下江南，和春天的风
许多年前的黄昏
我骑着单车
带你一起去看夕阳
在午夜，一扇朝北的寒窗
曾让你望见星斗。

1995年

致诗人顾城

你离去的时候
是我后半生残生的开始
曾经创造童话
虽然之后，又重归于神秘
在另一世界里歌唱
但我们会听见

我要好好活着
在风中整理凌乱的头发
现实中贫困和叹息
注视远方，抬头仰望
当灯盏熄灭，也只有孤独之心听到
独自芬芳的灵魂
我静静回忆往事
我脆弱，身体里流动着诗人的血
手中紧紧握着石头

在漆黑的大街上
寻找家乡的月亮
我清醒如初，固执地相信
山谷中升起的星辰，落在远方
就是世界的尽头

谁在万籁俱寂里歌唱

我相信，在最黑暗的地方

升起的是闪亮的星斗。

2001年

大师

我无事可做的时候

仔细观察蚂蚁

缓缓爬上大树

在城市里生活，不脱离群众，

要学会老谋深算

每天坚持洗衣做饭

要克制诗人疯的通病

应酬半夜敲门

来访的诗友

要像公民一样生活

我凝神倾听

那黄昏广场上的小号

扩散在明亮的窗前

却长久留在心灵深处

在成大师前

必须学会忍耐身旁

怀念英雄

我写下的祖国，山川辽阔
鲜血映红黎明的天空
流成一条汹涌的河
贯穿天安门的纪念碑
夜深人静
我在满天星空下
怀念这些英雄
我理解纪念碑的意义
无意将隧道深处的黑留给你
在祖国和平宁静的日子
谁又能阻挡我们
站起来歌唱
阳光抚爱的大地，森林和江河
英雄倒下了，业绩与天地同歌
启明星消失的黎明
红日洒下耀眼的光芒
是传颂英雄的证据。

送别

诗人于坚要离开天津
远行云南老家
伊沙我们三个人
像告别英雄般
悲壮地去滨海机场送行
天气有雾
堵车误了航班
凝视于坚脸上痛苦的皱纹
远去的飞机闪闪亮亮像个十字架
飘过这座城市
蔚蓝色的天空

伊沙感叹
柏坚送走无数的朋友
连南极的企鹅都送走了
可长得像猩猩的于坚
却没有送走
我迷茫地望着远方
许多年后，沉浸在回忆里
诗人们虽万里相隔
各奔前程
如今老于坚孤孤单单
还在云南昆明停泊。

2005年

文疟

午夜，大家谈起哲学
夜色越来越浓，效果越好
像政客绕过法律
诗人们不闻国事
还是看见儿女情长
刀光剑影和江湖恩怨
有伟人说过
要为人民服务
雷锋说过，在生活中
要向水平最低的同志看齐
沈浩波说：不要吃别人的亏
伊沙赞成
我和于坚，沉默不语。

2005年

怀念那个秋天（组诗）

世人允许维纳斯神的断臂
但绝不谅解折断翅膀的鹰

——题记

风景：难以忘却的记忆

寂寞是灵魂中一盏灯
照亮四个季节
唤起一种思乡的心境

回忆外面失去很久的天空
梦境里，阳光笔直地伸入田野
看见女人弯下腰身拾穗
她是母亲

高耸的大墙与铁窗
隔着遥远又遥远的路程
仿佛也能望见，麦地里
母亲弯腰拾穗的姿态

草叶间飞舞的红蜻蜓
落在高墙电网上面。

怀念那个秋天

想象金黄的秋天
我伫立窗前，望去远方
深秋悬挂的云朵，飞鸟过青天
聆听自由的风从四面八方吹起

回顾生命里那些黑暗日子
笼罩一种恐惧，终生刻骨铭心
阳光下的秋天是多么沉静
高墙下苔痕依旧鲜亮

世事诚可原谅，有歌声缓慢起伏
敲打灵魂深处，门是否还会打开
面对无法触及的环境
沉默，一只蝴蝶飞上满目的树荫。

看黑蚁掉入水坑如何逃生

我坐壁观天
黑蚁掉入水坑
我听到雨声
雨点从天上掉落下来
把它冲至一生也无法
抵达的高处。

我站在黑蚁身后
静静地思考
和黑蚁站成一条直线
想起从前的家

夜晚升起的月亮
比我从高墙外面
看到的要圆
还散着明亮温柔的光。

2008年创作修改

辽阔的蓝

明月升起
世界汇聚巨大的光
风从远处吹来
我们抵挡不住，时间的消失

短暂的事物
终端的河流和记忆
远方来自山岗
辽阔的蓝，在星空下蔓延

半夜醒来我多么沮丧
梦见自己的影子
是写作的姿态，是真理
最轻微的部分。

2008年

小城

像往事随风
如水的镜中，映照明月
世人选择勇敢与坚强
万物隐退，让我浮想联翩

曾经的万家灯火
山上是树木的死亡
我相信清明的坟墓
会重新成为土地

远隔千山万水
星光照亮春秋的小城。

2008年

逝去的十四行诗

每年清风来临，光阴又都在离去
月光照亮青山和家园
远岸的山水、云树，在夜空下弥漫
往事随风，消失眷恋的古代山水中

我携琴归来，读书，打扫庭院
从我居住的竹篱茅舍间
指派孩子们在初春的岁月里
登高望远，那来自远方的消息

每年秋风来临，光阴都在离去
清扫书卷上的尘土，窗外的云
如此遥远，群山也不能让我感动
在大好河山的祖国，是多么蔚蓝的苍穹

枯木逢春的寒夜，让感情如行云流水
有孩子们在天空上跑步。

2002年

逝去的青春

深秋的草木家园
没有开花的果实，依然美丽
是时代的错误
粮食没有收成，花朵没有开
偶尔有雨水落下来
放弃仰望天空
一切都微不足道
这个世界
上等人和下等人依旧一分为二
而富人多么卑鄙
穷人的奋斗显得多么徒劳
穷人的美学正在堕落
当感受到绝望
当你感到没有机会
在黑暗里生活
上帝保佑你们
面对无穷无尽的苦难。

期待

穿越宁静而旷远的秋天
想起重阳
在深秋的景色中
平原的小溪缓慢流过木桥

岸边的野花和昆虫兄弟
临水仿佛如临天空
看见大地上的影子
贯穿天空飞翔的鸟

只有天黑之前
恋人要下床，推窗
眼含暮色，眺望天空的妹妹
那一刻脸色与山色相和。

野草滩的月亮

这世界的一刻
星光笼罩天堂的阶梯
神女星座照亮大地上的河流
和荒凉的芦苇丛
我们在黑夜里赶路

天空上的风
吹在野草滩上
一些枯黄的芦苇变得很高
而一些变低了

孤寂的心，山风微凉
吹来秋草枯萎的气息
夜空下的野草滩，一轮明月
挂在半山顶。

天涯

风吹在秋天的房子
月亮在深蓝的大海上
发出亮光
海鸟在水面上飞翔
同样的日子,我在追逐你的背影
成群的海鸥从天空滑落陆地
有时是一片白帆
高高在上的是星辰

我是一条沉默的船
孤独的船
有时在悲伤的清晨醒来
连我的梦也是湿的
当我痛苦时,你温柔地包容我
海水在舞蹈
波涛远远地在歌唱
这是天涯,或是海角。

离乡小夜曲

我就要启程，去美国西部斯坦福
红色的屋顶，筑起漂亮的木房子
湖畔边有孩子们和松鼠在追逐
我独自散步林间，心情平静

秋天的风在吹，满校园树叶红了
我曾漫游玫瑰盛开阵阵芳香的加利福尼亚州
露宿草坪上，打开一本破旧的诗集
秋夜美丽，遥远的异邦让我旧情难忘

我就要启程，仿佛听见胡佛塔傍晚的钟声
那声音日夜敲打灰暗人行道上的我
有朋友曾对我说，柏坚
要走了，要到处看看。

忧虑

不要询问无家可归的人
将前往何处
穿过风雨，前方是一座辽阔的城
把你引进神圣，有石头的广场

颂歌抵达天堂的花园
让忧伤的天鹅，你尊贵的身影
使一颗升起的太阳，愿望及热情
在这样一个清晨，被岁月闲置

即逝的爱情，遍地野菊花的秋天
寒气笼罩黄昏的大地
在风起的时候
我不知走在什么地方。

盛放：中国新诗百年文献

第三篇

浮世清欢（随笔）

倾听

世界上的任何事物，超过局限，就是走向极端。男女之间的恋情像在争夺一根绳子。你在绳子这端，我在绳子那端。谁的力气大呢？结局就是胜或输、成功和失败、优和劣，绳头如果偏向我这端，那就是我牵着一头绵羊，如果绳子偏向你，就是你在拽着一条死狗。

一百年的时间，在历史长河上只是短暂瞬间。人世沧桑，转瞬即逝，我们每个人都会老的。仿佛我是个无家可归的孩子，举目无亲，四处漂泊，在漫漫长夜中，诗歌和爱情，温暖抚慰脆弱的生命活下去。

我居住在很高的楼房内。一名在五楼坚持写作的诗人，一个善良的人。所以我甚至望得很远。我曾经祈望楼下大街过往的人们能够仰视我的创作，就像要让他们呼吸清新的空气，但我失败了。

我认为诗人有二类：一种是专门为别人写作而创作性的诗人。另一类诗人是为自己写作，写灵魂，写家园意识，写超乎于俗世的爱情。这类诗人生前大都是孤独和寂寞的，但死后若干年后的时间，人们仍在传颂他的诗篇。他们确实写出一些杰出的作品，流芳百世。我想，我很有可能属于后一种诗人。也许，你永远不会明白我所追求的东西。看看眼前的处境吧。歌唱或者沉默。这一切多么徒劳。我曾经无数次发誓不再理你，但我又无数次找出谅解你的理由。无疑在精神上你给予我很大的寄托：除了诗歌，还有什么比爱情更重要。

当我痛苦地站在你面前，你不能说我一无所有，你不能说我两手空空。我可以为所喜欢的女孩做任何事情，只要她高兴、快乐，但她必须让我保持心理平衡。我不是圣人，更不是街头的无赖。

我在年轻的时候，纯洁、天真，立志要献身文学，义无反顾地一头扎进文学的海洋。但跳下去后我才明白，里面全是些骗子；可回头上岸，已不大可能。在我生命中最宝贵的十年时间里，创作了大约300首抒情诗及部分探索长诗、诗剧，至今大部分都未发表。我把这些诗稿放在一个意大利式点心铁盒中，铁盒里面的点心，也是让别人吃了。我企图用文字的力量改变这个世界，但问题是，我出生来到这个世界之前，传统秩序井然已经是存在的了，对此，我无话可说。

追忆往事似水流年

作为一个男人，他可以让女人恨，可以让女人反对，可以让女人发疯。但绝对不能让女人蔑视；一个男人在社会上，如果做到无欲、无情、无色、没心没肺，最后达到无耻，那么他就得救了。

一般说来，女人面对的只是一个狭小的世界，她往往只注意自己的男人；而男人相对来说，面对的世界比较广阔，甚至要面对整个世界。因此，女孩子爱上一个人时，会投入自己的全部感情，倾尽全力，而男人大多只投入一部分，顶多一半感情，并不全力以赴。

让我喜欢一个人很难。我自认为是优秀而比较任性的男人，清高、自傲、唯我独尊。但在你面前，我已经低头了。你一直不给我机会。这个世界上，所谓婚姻和道德，只是制定约束人们行为规范的准则，全是扯淡。男女之间，最重要的是彼此欣赏，并全身心地爱护对方，使对方觉得一生中能够结识，是一种幸福，是缘分。一个人感情是否高尚，也就体现在此。

至于男女能否结合，最终能否走在一起那是婚姻，是另一码事；我始终认为：比较优秀的女孩，气质应该是独一无二的，非常有个性，说翻脸就不认人。问题是遇上喜欢你也时常翻脸的男人，就要考虑是否换一副面孔出现。温和、忍让，保持谨慎，即两个人最好都不要轻易翻脸，兼容对方。

一个人是否真爱另一人，看你能否离开她，还要看你们长期相处下去，会不会厌倦她。如果喜欢一个人，不仅要喜欢他的优点，也要喜欢他的缺点。记得在一个阴雨天，夜色里，大雾很浓的晚上，母亲曾这样教导我。

让你畅通无阻，落户走进我生命的房屋。世界上没有什么人可使我低头，只有见了你，我才感到自卑和渺小。世上的一切，都可以微笑着对待，只有见了你，才感到痛彻肺腑的痛苦，而且对月伤怀，临风洒泪。

与你度过的所有时光，因为美丽而使我痛苦。我挑灯披衣给你写信，请你在暮霭降临时分回来，用星星做梦，怀拥月亮，这是我们深深的期待呵。

河水一去不回，春天步步撤退。我的女孩在一片花瓣里失去颜色，直至失去姓名。

独居的艺术家

爱情仿佛是一场游戏。每次生气的是你，委屈是我；看笑话是你的亲戚们。我在这个普通的黄昏，远离书籍和亲人，回到居萍斋。我梦见秋天，甚至连失去了翅膀的鸟，都获得了食物。

你如果是游鱼，我愿是一池清水；你如果是灯塔，我就是夜色里航行迷失方向的船。你是大盆地，我就是高耸的山脉。假如你是猫，我是老鼠。卡通片描绘的抽象老鼠。老鼠怕猫，那是谣传。团结起来，互利互惠；我也有翻身解放，当家做主的一天。

月亮又升起了，我无法入睡。它光滑明亮像长着翅膀会飞的鸟，轻轻掠过我居住的屋顶，照亮首都的每个窗口。过去曾经发生过的所有美丽的往事，如辗过心灵的足迹，是那样曲折，让人晕眩，终生难忘，在我记忆深处，留下深深的烙印。今生今世，你再也走不出我的视线。

你要是想念我，就在雨夜的烛光里读我的诗，就在心中默念我的名字，到静静的郊外看看月亮。红色的月亮，也是圆的，像老家母亲用土灶台烙的面饼。

我伸出右手向你保证，能把诗写好的人，大都心怀鬼胎，或者另有苦衷。片断。北京时间凌晨3点，有阴雨的午夜，我感觉世界已经走到了尽头。窗外有风，低低的，吹到了我生命的边缘。

让我们回到各自的城市，隐姓埋名，朴素地生长，过着简朴的生活，把如此清贫的睡眠一梦到天亮。如今，我已经学会劳动和写作，让这些平凡的小事，在生活中闪光。它永远激动年轻的我们。

船在大海上航行，海鸟飞翔在远方，望着无边无际壮丽的大海，心想：世上心胸狭窄的人，应该到大海上看看，胸怀会开阔一些；在每个无所依傍的时刻，我总是想到你。

我需要你的安慰，闯荡这些年，终于明白一个道理："世上一切随缘。是你的，终究不会失去，不是你的，坦然地接受现实。任何事情不可要求太高或太多。"我已厌倦四处漂泊不定的生活。

我脱离群众，蔑视亲朋好友，对身边的琐事只字不提。文章和语句，深入人心，势不可当。我已上当受骗。后面的人还将继续。

诗人与世界

每当明月升起时，所有星光都会暗淡。夜晚的飞蛾扑向火，因为它不知道火焰会点燃翅膀，河水里的鱼儿吞吃鱼钩上的蚯蚓，因为它不知道这会害了它。而人们明明知道欲望和真理的存在，会毁掉我们，可有的吹哨人和燃灯者依沉湎于此。

诗人在现实社会中，孤立的个人具有主宰自己反应行为的能力，群体则缺乏这种能力，这种冲动总是极为强烈，因此个人利益，甚至保存生命的利益，也难以支配它们；而影响社会群体的因素多种多样，大众群体总是屈从于这些社会宣传引导，因此它也总是随着引导发生多变。而艺术家有时可以抵制这样的诱惑。

诗人对事物敏感，在表达对社会现象和表达自我的时候，往往都能够单刀直入，一针见血地抓住其中的要害。因而，他们很容易超群出众，引起社会人们的关注。所以相比那些通过公众渠道和社会观念进入大众视野的精英，它们往往在赢得众人称赞之后，其创造价值和文化意义有很容易被大家所忽略。显然这也是敏感型的艺术家和燃灯者的普遍遭际，也是历史和人类的某种局限。

作为一个诗人，不必对任何人都一视同仁地尽展才情，也不应投以超过必需的精力和时间，不可徒露文人学识。在河面上捕猎的好猎手，不会放出捕获猎物所需之外的猎鹰。诗人切勿总是向别人炫耀自己的身价和地位，转日可能不会再让人们仰慕。诗人必须创造出优秀的诗篇，随时都有令人刮目相看之处，但强迫自己每首诗都是佳作，以求别人保持期许，并永远不至发现自己才尽技穷，很难。所以诗人应该每日听得见的，是风声，树声，或小桥流水之声。

要善待朋友、家人和大自然，关注文学和诗歌如何能够真正为世界带来更美好的东西。不要只沉迷于狭小的自我圈子，要接触更广泛的社会和自然，然后思考我如果是个诗人，我能够为这个世界做点什么。

发表于《今晚报》。选自随笔集《浮世清欢》（中国文联出版社）

轻吻忧伤之美

杨炼

诗人必须美好，因为诗歌本质美好。徐柏坚，一位美好的中国当代抒情诗人，最有影响力的大陆民间写作代表性诗人。

读柏坚的诗，能读出一个奇妙的经验：它们最初是一首一首的，但渐渐，随着诗句在眼前蔓延，那些变换的标题慢慢退隐，许多诗互相参与、渗透，融合为一，成了一首诗，一首包含了所有题目的无题诗。这首诗里，弥漫着清纯、淡雅、优美的薄雾，无论喜悦或哀愁，都流淌着一缕丝光，如一声轻叹。翻阅他的三大卷诗作，只有到读出这首深藏的诗，才算读懂徐柏坚，因为他一直续写、始终没有写完的，正是这首歌唱人性之美的诗作。

柏坚的心，酷似一只精雕细刻的魔术盒子，种种经验，只要放进去轻轻一摇，都能翻转出美好来。诗歌如忘川之水，谁蹚过它，谁就被涤净浊世的沉重，挣脱禁锢，重获轻灵。这样的诗人，天生该写赞美诗，而非诅咒之诗。听他的《忧郁的献诗》吧："今夜，是我最后的抒情／漂亮的花蕾和孩子长在三月"；而另一首《献给恋人的诗篇》中的句子："在生命有限的日子里／让迟钝的大脑装满思想……感谢春天／沿着废旧铁轨，夕阳下／祝福生命中度过的每个黄昏"。诗句美好，但隐含一丝忧伤。柏坚诗如其人，总克制着不放开音量，不故作惊人语，又出言清雅不俗。某种意义上，有内涵的赞美诗最难写，因为赞美的语言犹如白璧，那近乎透明的纯净，掩藏不住哪怕一丝虚假。柏坚经住了这考验，他抒写的诗意，极易流于甜腻，却每每幸免于难。我们能一行行读下去，甚至被诱惑、被吸引，全凭感受那颗诗心的真纯。说他耽溺于童年也不为过，只是这诗中童年，是饱浸风霜寒暑之后，失而复得的成熟的童年："你和我都会变老的／许多年过去了／你看，我的眼睛里还含着泪水"（《我们都会变老的》）。一个"还"字，道出了那双从未移开的凝眸——诗人对生命、爱情之执着，有岁月沉甸甸的重量。他必须足够苍老，直到获得认知诗之童真的能力。

二十世纪初的俄罗斯白银时期诗歌，曾有"响派""轻派"之别，这是诗作风格上的划分。柏坚肯定属于"轻派"，他一贯悄声细语，仔细品读，那语感甚至可称作质朴。他的诗歌形式，单纯、平实，正像他诗意的自然外延："树叶从高处飘落下来／每片落叶都有不同的结局／你骑着蟋蟀来，驾着南瓜……你就像一面湖泊／在蔚蓝的沉静中／映照天空的广阔与深远"（《世界的四月》），这首写给父亲的诗，也是柏坚诗学追求的写照。宁静而稍感落寞的语调间，却浮出一个引我注目的关键词："深远"，它与开头的"高处"相映照，让我们看见，那片叶子飘落又飘落，直到在内心幽深处，轻轻擦亮一片沉静。响也罢轻也罢，令我们感动的仍是——只是那真诚。

这是我在柏林飞往北京的国际航班上，完成的一篇诗序；也是我在海外漂泊这么多年，第一次在飞机上和天空中写的诗歌序言。"读吧　每首诗剥开都是一首爱情诗"，在《叙事诗》第二部《哀歌，和李商隐》中，我这样写。读柏坚《在漫长的空虚里等待死亡》《中国童年》和《世界的旅行》三部诗集，怎么竟让我感到，这个句子简直就是为柏坚而写？他几十年如一日的讴歌中，让"爱情诗"三个字的内涵越来越厚实，从男女私情之爱，到人生存在之爱，再到宇宙时空之大爱，同时，一种大悲悯，也自成题中之义。我想象，柏坚每一天都在用诗句告别旧我，以此催促自己重新上路。诗人如朝阳，必须在每个早晨全新的诞生，因为我们被诗歌选中，去接受那个塞进了我们体内的最美好又最残忍的命运。嘿，那又怎样？我还有一行诗也等在这里，准备赠给柏坚呢——"而最美的爱情诗必是一首赠别诗"。

一场穿越古今的无尽修炼，不停挤压诗人、琢磨语言，为美丽而忧伤，因忧伤更加倍美丽。"我的成熟 像一个国度／习惯了忧伤之美"，我漫步在杜甫草堂，心里沉吟着这些句子，好像听到，柏坚的脚步，轻响在身边。

2017年11月15日于柏林—北京飞机上

诗人柏坚的诉说不仅仅是为了抒情

王小柔

柏坚是天津著名的诗人，是当代中国最有影响力的诗人之一。1993年他获《当代青年》杂志读者评选为全国十大青年诗人称号。被中国文学界称为新时期文学"民间写作"代表性诗人，他1998年留学美国。并在美国加州大学伯克利分校和斯坦福大学举办了"走遍天涯"国际诗歌朗诵会，美国旧金山文学界和《世界日报》给予高度评价。他先后出版了诗集《中国童年》《招魂的夜笛》《世界的旅行》，随笔集《浮世清欢》等作品。

"诗人"在这些年被诗人自己给重新定义了一下。每当提起这样一群人，最直接会想到梨花派，会想到某一年的诗歌朗诵会上诗人在开口前当众开始脱裤子，会想到"下半身诗人"这样的名词。中国的诗歌鼎盛时期似乎在20世纪就已经戛然而止，诗人们纷纷从脱俗的从先锋的从远离大众的地方进入尘世，该干吗干吗，因为写诗不能糊口，更不能安抚愤世嫉俗的情绪。如果没有足够与这个世界决绝的信念，还是要回归凡间，因为诗歌的作用不仅仅为了抱怨。

我认识三种诗人，一种拿自己当思想先锋，对任何事均是批判的态度，尽管已很少写诗，但始终认为自己是个诗人；还有一种，他们怀揣浪漫情怀，苦行僧般流浪着，寻找自己的精神家园；另一种，他们有自己的工作，生活安逸，依然保有诗人的情怀，孩子般观望着自己和世界，他们用内心涌出的简短句子归纳着属于自己的认知和热爱。徐柏坚就是这样的诗人，单纯而又执着地坚守着诗歌理想，他固执地认为有一天诺贝尔文学奖会颁发给他。最开始我以为这是酒话，可诸多严肃的场合他还在这么说，我就开始信以为真，而不是嘲笑地打击他，心想，要是能认识个把老外评委我还能帮他拉拉选票。因为在他那些诗集之外，有十年甚至更漫长的书写，诗人的情怀足以打动我们共同经历过的岁月。

在柏坚办公室的一角，堆着发表他诗作的杂志，无论是崭新的还是已经发黄的，那些被翻阅的扉页上是诗人们对一个时代的诉说。那些杂志曾经是那么光彩照人地出现在我青春的萌芽阶段，我从来没说我也写过诗，也有一本又一本写给自己的，写给青涩年纪的厚厚诗集，只是我那些诗发表的少，变成校园歌手吉他伴奏下的倾诉多。我无法成为诗人，是因为我思考不够。

柏坚擅长思索，他许多年前写的诗，至今还被中国政法大学的广大学生传抄着。他先后出版了诗集《中国童年》《招魂的夜笛》《在漫长的空虚里等待死亡》《世界的旅行》，随笔集《居萍斋随笔》等，并被《当代青年》杂志社评为"全国十大青年诗人"，曾在美国斯坦福大学和加州大学伯克利分校举办"走遍天涯"诗歌中英文朗诵会，引起很大反响，诗歌展示了他丰富敏感的内心世界，也表达了一个诗人眼中的中国。

中国20世纪80年代初期，诗歌很热，诗人被社会戴错了面具，救世主、明星。诗人们以为那是真实的自己，还没进入90年代，商业化浪潮滚滚而来，卷走诗人面具，打碎了光环的镜子，这误会再也不会有了。诗歌本来就是边缘化的东西，和80年代初的热闹相比，也许目前诗歌的处境更真实。

诗人柏坚一直坚持职业性的诗歌写作，他的创作从20世纪90年代开始，当时北京、上海、四川等地的第三代诗人浪潮涌起，不过，在有着深厚文化背景的天津，却找不到任何文化先锋的迹象。徐柏坚在诗江湖里固守着自己的一片疆土。据说诗歌里有一种流派叫"神性写作"，而徐柏坚便是代表诗人之一，他们往往具有英雄主义与理想主义的文化抱负，从日常生活中的生命体验出发，书写中词语的朴实性与灵魂水乳交融，诗人充分袒露着人性的美丽与悲哀。

柏坚是阳光的，这一点是我所欣赏的。他不阴郁苦闷借酒浇愁，他乐观幽默仗义执言，有着孩子般透明的心智。我把那称为属于徐柏坚的诗人气质。

在他一次又一次强调诺贝尔文学奖跟他有关的时候，我也堂吉诃德般地认为那有戏，本来嘛，诺贝尔文学奖有什么了不起的，它不过是诗人笔下的一句。

诗人柏坚说，人们必须学会倾听诗人的声音。我们与汪国真那种通俗写作不同，我们保有知识分子情怀，尽管现在很少有人读诗了，我们还在坚持着良心写作，也许只能像海子似的死了以后才能被人接受。

"浮躁的时代我们更需要诗人"

——专访柏坚、春树

北方网：当我们和诗人柏坚、春树商定要做一期关于诗歌的探讨性节目的时候，笔者才发现自己竟然也很久没有接触到诗歌这样的一种文学体裁了，当初学生时代热衷的席慕蓉、北岛、海子在今天看来竟然离我们的生活如此之遥远。诗歌早已没有了最初的发人深省，给人更多的却是附庸风雅。究竟是我们变了还是这个世界变了，抑或我们都变了。

柏坚，天津人，1974年出生，毕业于中国政法大学，1998年留学美国。曾获全国十大青年诗人称号。1994年获台湾《创世纪》杂志创刊四十周年文学创作奖。被中国文学界称为新时期文学"神性写作"代表诗人。并在美国加州大学伯克利分校和斯坦福大学举办了"走遍天涯"国际诗歌朗诵会。美国旧金山文学界和《世界日报》给予高度评价。著作有诗集《招魂的夜笛》《中国童年》《在漫长的空虚里等待死亡》《世界的旅行》《我仍然在仰望星空》和随笔集《浮世清欢》等。曾在国内外发表文学作品百余篇。多次获国内外诗歌奖。

春树，女，北京人，1983年出生，2000年从高中辍学，开始自由写作。已出版小说《北京娃娃》《长达半天的欢乐》《抬头望见北斗星》等，主编《80后诗选》。2004年2月获得过第五届网络金手指的网络文化先锋奖。2004年2月成为美国《Time》的封面人物，美国人称她为"新激进份子"。80后文学界代表人物。著有长篇小说：《北京娃娃》《长达半天的欢乐》《春树四年》《2条命》《红孩子》《光年之美国梦》。
诗集：《激情万丈》，并主编《80后诗选》。

诗人应该是时代的"代言人"

　　柏坚与春树对于别人称呼他们诗人的说法有些时候并不认同，更愿意别人直呼其名。但徐柏坚表示说春树依然是他认为在女诗人里面最优秀的诗人，但是平日里听到别人称呼春树最多的还是"作家春树"而非"诗人春树"。自己对于这样的称呼也有所保留。春树说：听见别人介绍自己是诗人的时候，下意识的反应竟然是"逗你玩儿"，春树说，诗人的作品不一定要向别人展示获得证明，但是小说的意义就是要给读者阅读引发共鸣。现在毕竟不是一个写诗的年代，两人都会被诗人的称呼吓到。

　　有人曾说"只要写出一首好的作品，就可以称其为好的诗人"，春树对这种说法并不赞同，她始终觉得仅仅写一首是不够的，真正成熟的诗人应该是在一个状态下或者是在一段时间里有一批成熟的作品，并且作品的水平应当保持在一定的水准才能称其为成熟的优秀的诗人。柏坚对于这种说法也给予了肯定"诗人应该是时代的代言人，在他的作品中我们能够看到社会的层面"，我们现在的生活和古人差得太多了，就连最简单的饮酒作诗想起来都是那么匪夷所思的事情。我们喝茶用矿泉水冲泡，我们的酒经过道道工序的包装，我们的生活速度如此之快，我们的文学作品又是如此令人"过目就忘"我们失去了一种情怀，才造成了我们没有那么多的作品能够"流芳百世"。余光中说李白"酒入豪肠，三分啸成了剑气，七分酿成了月光，绣口一吐就是半个盛唐"这样的美妙意境在今天看来我们是没有办法再体会得到了。

写诗一定要让自己快乐

诗词距离我们的生活越来越远，徐柏坚表示，现在的人不读诗了，回想当初80年代，诗歌的鼎盛时期，诗人就如同现在的天王偶像被人顶礼膜拜，一本诗集动辄销量几十万上百万，而现在的人正在失去一种信仰，正在渐渐迷失造成了诗歌离我们越来越远的这种现状。同时柏坚说自己成长的70年代伴随改革开放的大潮，很多的事情来不及琢磨就已经被时代的大潮推着赶着向前走，等回醒过来80后已经成长起来。让他遗憾的是70后诗人的影响力远远不及60后的诗人和80后的新晋派。作为80后代表的春树却始终坚持，诗歌从来就不缺乏读者，她的读者中就有相当一部分对她的诗作持褒奖态度，当然令春树不解的是另外的一部分却是她小说的"死忠"，阵营分明，互不相让。春树说现在的诗太过于小众化，纯粹成了诗人自己自娱自乐的方式，而读者却对于诗人究竟是怎样的一种生活状态并不了解。

柏坚与春树在诗歌的创作方面却有着惊人的共识：写诗一定要让自己快乐！用春树的话讲那就像打了一场酣畅淋漓的胜仗，看着自己创造的一个新的生命，满足感难以言喻。柏坚依旧执着地认为让自己快乐的诗歌会为自己带来一座诺贝尔文学奖，总有一天会来到自己的手中。春树用了最惊人的词句来行形容一首好诗：那就像上来就被别人抽了一记耳光，清醒，疼痛，醍醐灌顶，相见恨晚。种种错综复杂的情感难以言表。那种感觉是写完一本成功的小说所无法比拟的。

白天像公民一样生活夜晚像神一样思考

"白天像公民一样生活，夜晚像神一样思考"这两句柏坚曾经写下的诗句感动了很多读者，柏坚自己说写诗是一件特别累的事情，现在再也找不到顾城的那种仅仅用十几个字就反映了一代人心声的作品。对于自己"被划分"为"神性写作"派别的事情柏坚自己也是哭笑不得，写了二十几年诗无门无派，究竟怎么就成了"神性写作"他自己也说不清楚。徐柏坚说每次自己经过大光明桥看到我们的海河的时候，那种自豪感就油然而生，呼喊着："这么美的景色我们为什么不写一写，我们的诗人在哪里？我们的画家在何处？"于是就有了《天津印象》中：海河真实而平静，绕过我们生命中温柔的部分，远游的人在深秋归来，遥望河岸边的黄昏，水面上闪着天际的光，我用一生中的时间看云，它们聚散不定的优美词句。春树讲柏坚就是一位内心柔软的作家，并且愿意将这种柔软展现。而自己更愿意选择尖锐，用简单的词汇创造出最富尖锐感的词句。

海内存知己骚扰很无奈

作为一定诗人有自己固定的读者群是很平常的，总会有一些人主动找上门来研究探讨，但是结果往往不那么让人感觉愉快。徐柏坚说曾经有一位文学青年找上门来要和自己探讨诗歌，临走时不但让柏坚请了一顿饭同时还顺走了徐柏坚的一件衬衣，对于这种无理的骚扰柏坚很无奈但是又无可奈何。同样的情况也发生在春树身上：一次她接到一位读者的电话，读者强烈要求她帮助自己出一本诗集。春树很热情地帮她联系了一位编辑。在得知自己出版诗集无望之后，这位疯狂的读者发了疯一样的给春树打电话理由只有一个：为什么你能出版诗集，我就不能？说到这儿，春树她叹了口气。春树坦言，生活中的她并不希望朋友太过关注自己的作品，他们只要了解生活中的自己就可以了。回顾这几年的成长春树坦言收敛了年轻时的尖锐，再遇到网友抨击自己作品的情况会坦然的多，但是一旦遇到自己看不惯的情况还是会痛斥对方，如果有必要还是会为了诗歌挺身而出。

诗人柏坚回忆自己当初和春树相识的经历，也是不停地感叹生活赋予了春树别样的魅力，经过时光的雕琢春顺显得更加的迷人，无论是在作品中还是在生活中，徐柏坚并直言不讳自己对于春树的欣赏。共同的成长经历，类似的成长背景让这两位70后与80后的诗人在诗歌的江湖中惺惺相惜。他们也表示自己最理想的诗人的生活状态就是让自己更快乐，通过诗歌让更多的人快乐。

用他们的话说，也许当中国人更加注重自己文化的时候诗歌就会迎来它再一次的高潮，因为我们更需要诗的安慰。诗词无处不在，而我们要更加诗意地生活在这个世界上。

徐柏坚创作活动年表

　　徐柏坚，笔名柏坚，一九七四年十月出生于天津市和平区，祖籍开封。

　　一九九三年，被西安《当代青年》杂志读者评选为全国十大青年诗人。以诗人身份参加前卫导演牟森"戏剧车间"，参与北京电影学院表导楼先锋实验话剧《彼岸》的演出。成员有音乐人崔健，于坚，吕德安等。

　　一九九六年，考入北京中国政法大学研究生院学习。

　　一九九八年，台湾地区诗之华出版社出版第一本诗集《招魂的夜笛》。接受时任美国驻华大使尚慕杰女儿伊丽莎白邀请，赴美国留学。同年五月在美国加州斯坦福大学举办《徐柏坚走遍天涯》国际诗歌朗诵会，获得旧金山文学界及洛杉吉大学华裔诗人张错等艺术家的好评。有作品在美国《世界日报》副刊发表。

　　一九九九年，完成作品《史丹福小景》，获中国政法大学校刊文学创作二等奖。

　　五月，应中国作协河南分会和诗人马新朝邀请，参加全国第十一届洛阳黄河诗会。十月由中国人民解放军空军特招入伍，在北京军区空军导弹部队服役。

　　十二月，进入桂林空军学院进修学习军事。

　　二〇〇二年，香港天马图书有限公司出版诗集《中国童年》。五月，赴北京人民大会堂参加中国政法大学校庆五十周年庆典。八月进入中国人民解放军空军指挥学院进修学习。同年年底，和天津诗人徐江编选《一九九〇年后的中国诗歌——民间诗选》。

二〇〇四年，作品入选北京《诗刊》《世纪之交的中国新诗状况1999—2002年》《诗探索》2003年第3辑、《新诗界》2004年第2卷、《诗参考》《葵》《诗歌现场》等重要诗刊，成为新时期文学九十年代"民间写作"主要代表诗人。

二〇〇五年，五月应邀请访问南开大学第五届文化艺术节，在"人间四月天"诗歌朗诵会上朗诵。八月，应荷兰基金会和上海科学院邀请，赴上海会展中心参加第四届国际亚洲研究学者大会。

十一月，应邀请访问天津大学，和原中央电视台播音员薛飞、詹泽等参加北洋大讲堂《声音的魅力》讲座。

二〇〇七年，应邀请参加天津美术学院文化艺术节，在"葵"诗歌朗诵会上朗诵作品。

同年，考入南开大学研究生院哲学系学习。

二〇〇八年，在台湾地区出版诗集《在漫长的空虚里等待死亡》。

二〇一〇年，在澳门原木出版文化有限公司出版诗集《世界的旅行》。六月，在天津举办"2010·代际、沟通——伊蕾、柏坚诗歌朗诵会"。和诗人春树做客中国北方网专访《浮躁的时代我们更需要诗人》。

十月，参加南开大学文学院主办"2010年穆旦诗歌节朗诵会"。

二〇一一年，与诗人伊蕾、萧沉、朵渔、画家李津、歌手张楚等创办"天津诗现场俱乐部"，出版有诗刊《诗歌现场》。

作家王安忆、杨显惠、王小柔、芒克、杨炼、西川、于坚、吕德安、李楠、曾宏、大荒、王小龙、安纳斯塔西斯·维斯托尼提斯、乔直、詹妮弗·克诺罗弗特、米诺斯拉夫·柯瑞恩、王家新、朴渼山、史春波、明迪、冯晏、李润霞等国内外诗人作家先后做客天津诗现场。

十二月，担任策展人。策展"自由半径2012中国·天津当代诗人艺术展"。在天津汇泰艺术中心举行。

二〇一二年，十月，"亚洲青年艺术现场"在云南丽江束河古镇举行，代表天津应邀出席了活动。诗歌单元中，和音乐人张楚、李季、讴歌，李亚鹏，王学兵等全国十余名诗人音乐人艺术家应邀参加朗诵。

十一月，参加天津南开大学文学院举行国际诗人工作坊诗歌朗诵会。

十二月，参加首届中国诗家歌（北京现场）朗诵会。

同年十二月，当代水墨代表艺术家李津的个展《李津·今日·盛宴》在今日美术馆隆重开幕，和方力钧、邵飞及当代众多艺术家参加了展览。

二〇一三年三月，诗集《徐柏坚诗选》由人民文学出版社出版发行，这也是自《中国童年》之后的第五部个人诗集，全书共精选了200首诗歌佳作。

五月，2013·天津"诗现场"朗诵会暨《徐柏坚诗选》新书发布会在诗现场俱乐部举行。本届"诗现场"诗会邀请了诗人欧阳江河、伊蕾、萧沉、朵渔、春树，作家冯骥才、杨显惠，著名音乐人张楚、姜昕，画家李津。

五月，12日在天津图书大厦一层与广大读者见面，并签售其最新出版的诗集。摇滚歌手张楚、姜昕，"80后"代表作家春树、诗人欧阳江河以嘉宾身份参加。

五月，应邀参加南开大学文学院主办"2013年中韩诗歌朗诵会"并朗诵作品。诗歌作品被翻译到韩国。

十月，获第二十二届全国鲁藜诗歌奖。

十一月，《诗歌现场》诗年刊出版发行，共先后出版十期。创办天津"诗现场"的艺术家有诗人芒克、杨炼，歌手张楚，画家李津、方力均、岳敏君，伊蕾、柏坚、朵渔、于坚、欧阳江河、翟永明、冯骥才、王安忆、杨显惠、王向峰、萧沉、王小柔、韩作荣、吕德安、王家新、林雪、蓝蓝、春树、雷人、沈遇、白金、任知、冯景元、刘功业、罗广才等。

二〇一四年二月，随笔集《浮世清欢》由中国文联出版社出版发行。全书精选了五十篇随笔佳作，作者关注现实和知识分子的精神状态，传达了对传统文化与现代文明的一种精神取向与价值判断，希望当下所缺失的文化信心正通过诗人的诗意力量而得到有限的恢复。

七月，诗集《徐柏坚诗选》获中国作家协会第六届鲁迅文学奖提名。后经作家冯骥才、王安忆和杨显惠推荐，正式加入中国作家协会。

十一月，获韩国第25届金达镇文学奖。授奖词是表彰他对韩国文化和世界文学发展所做出的卓越贡献。韩国金达镇文学奖面向享有世界级声望的国际诗人制定了国际诗文学奖，获奖者的作品，应是目前正在世界文学中活跃的诗人作品。

二〇一五年五月，策展人岛子，中国当代诗人艺术展（天津站）在天津梅江国际美术馆举行。参展诗人有芒克、岛子、柏坚、伊蕾、宋琳、吕德安、朵渔、萧沉等。

七月，担任总策展人。策展的中国当代诗人艺术展（上海站）在上海美术馆举行。参展诗人有芒克、岛子、柏坚、伊蕾、宋琳、吕德安、朵渔、萧沉、雷人、沈遇等。

九月，应邀参加首届北京诗歌节，芒克、翟永明、柏坚、西川、杨炼等20名诗人出席。，举办诗朗诵音乐会。芒克、翟永明、柏坚等十余名诗人走上舞台，朗诵自己最喜爱的诗歌作品，翟永明朗诵《致阿赫玛特娃》，柏坚朗诵《天上的孩子》。

十月，天津大学建校120周年校庆纪念活动，参加"回到母校——徐志摩诗歌朗诵会"。有冯骥才，央视主持人张泽群朱迅，钢琴家刘诗昆、濮存昕、吉狄马加、李少君等诗人艺术家。

二〇一六年三月，二十一日是世界诗歌日，人民日报《环球人物》杂志创刊十周年暨2016年中国当代诗会在人民日报社国际学术报告厅举行。芒克、欧阳江河、杨炼、柏坚、严力、唐晓渡、李亚伟、默默、祁国等十多位当代著名诗人登台朗诵了他们的代表作品。天津诗人徐柏坚应《环球人物》杂志社邀请，作为当代最有影响力的诗人之一，参加了北京中国当代诗会。

五月十四日，由天津美术馆、诗现场俱乐部共同主办，漾样文化基金协办的"诗和远方"芒克、翟永明、张楚、柏坚、默默摄影展在天津美术馆开展。

九月，第二届北京诗歌节在京开幕，天津诗人柏坚应邀出席诗歌节。举办致敬中国新诗百年的"时间：中国诗歌名家手稿展""诗歌朗诵音乐会"以及"诗歌与音乐"主题研讨会等活动，芒克、多多、杨炼、柏坚、严力、唐晓渡、臧棣、默默、陈东东、树才等知名诗人和音乐人，围绕"诗歌中的音乐性""诗歌音乐作品的流变""诗歌在新时代下的传播"等内容进行交流碰撞。

二〇一七年四月，应邀参加杭州锦溪古镇举办的首届中国诗歌民谣节。

五月二十一日天津首届国际诗歌周在智慧山飞鸟剧场举行。诗人芒克、北岛、杨炼、柏坚、西川、伊蕾、张楚，以及海外欧洲诗人马其顿的尼古拉，马滋洛夫（Nikola Madzirov），英国的W.N. Herbert，画家友友共同开启本次天津城市诗歌文化史上的"全社会市民诗歌行动"。

八月，应美国斯坦福大学邀请，在美旅游访问的中国诗人徐柏坚在斯坦福大学东亚研究所做了《中国的艺术家们》主题演讲。

十月，参加第三届北京诗歌节，荣获北京诗歌节银葵花奖。诗歌节为期三天，举办了高校诗歌与刊物研讨会、"声·字"大型诗歌民谣朗诵会等系列活动。诗人芒克、树才、余秀华、柏坚、默默、陈东东，宋琳、高晖、祁国、陆渔、邢宝华、远村等二十余位当代诗人参加。

二〇一八年九月参加第四届北京诗歌节，获北京诗歌节银奖。诗人芒克、严力、臧棣、柏坚、树才、赵野、祁国等与来自北京大学、中国人民大学、北京师范大学、中央民族大学、中国社会科学院大学、北方工业大学、牛津大学等高校的500多名学子、观众一起，写就了一段关于诗歌的记忆。

二〇一九年十一月十六日参加第五届北京诗歌节，诗人芒克、陈东东、赵野、柏坚、祁国、画家岳敏君、歌手钟立风、蒋山、张荡荡等参加诗歌节。

二〇二〇年十二月十一日，参加中国·汨罗江国际诗歌周。嘉宾有诗人欧阳江河、柏坚、王家新、海男、李少君、吉狄马加、周瑟瑟、陈小虾等，有美国、俄罗斯、蒙古国等国际诗人共百余人参加。